BENJAMIN
HOLENSTEIN

DER • AUSBRUCH

HELDEN WAREN SIE

novum ▲ pro

Dieses Buch ist auch als
e-book
erhältlich.

www.novumverlag.com

Bibliografische Information
der Deutschen Nationalbibliothek:

Die Deutsche Nationalbibliothek
verzeichnet diese Publikation in
der Deutschen Nationalbibliografie.
Detaillierte bibliografische Daten
sind im Internet über
http://www.d-nb.de abrufbar.

Gedruckt in der Europäischen Union
auf umweltfreundlichem, chlor- und
säurefrei gebleichtem Papier.

© 2023 novum Verlag

ISBN 978-3-99131-744-9
Lektorat: Eva Schirnhofer
Umschlagfotos: Merkushev,
Tatyana Tomsickova, Richie Chan,
Woverwolf | Dreamstime.com
Innenabbildungen:
Woverwolf | Dreamstime.com,
S. 58: Benjamin Holenstein
Umschlaggestaltung, Layout & Satz:
novum Verlag

www.novumverlag.com

Climate neutral
Print product
ClimatePartner.com/16547-2201-1002

Widmung

Dem Helden, in jedem von uns, gewidmet.

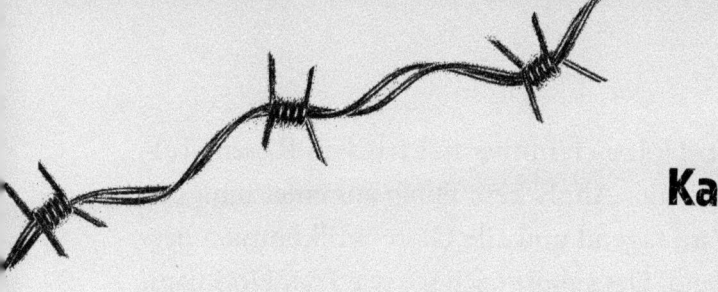

Familie Hoffmann war sichtlich froh, dass sie Klara hatten, das Kindermädchen mit Charme, Witz und doch einer gewissen Strenge, wie sie mit ihren Kindern umging. Da war die Größte namens Lisa, die Zweitälteste Nina und der Kleinste, genannt Maximilian, aber alle sagten ihm Mäxchen. Das passte einfach besser zu ihm, denn Maximilian tönte eher wie ein Politiker oder ein Dirigent. Mäxchen war einfach ein ganz normaler, intelligenter und außergewöhnlich hübscher Junge. Er war auch der unausgesprochene Liebling von Klara, was für den Beobachter völlig offensichtlich wurde. Die Hoffmanns lebten in einem feudalen Haus, mit einer langen privaten Einfahrtstrasse gesäumt von Pinienbäumen. Neben dem Haupthaus befand sich das Bedienstetenhäuschen, welches mit hübschen bläulichen Fensterrüschen geziert war und eigentlich eher einem Puppenhäuschen glich, mit rauchendem Schornstein und dergleichen. Darin wohnte Klara, zusammen mit dem Koch, der Wirtschafterin, dem Gärtnerpaar und dem Butler Karl, der auch schon seine 75 Jahre überschritten hatte. Jeder hatte seine Arbeit und alle fanden es gut so, wie es war.

Das Haupthaus glänzte mit einem marmornen, schachbrettartigen Boden in der Lobby, inmitten sich ein runder Holztisch immer mit frischen Rosen, Tulpen, Lilien oder Ähnlichem üppig aus einer bunt bemalten Vase ragend und alle Gäste willkommen heißend, befand. Das gehörte sich so, wie Frau Hoffmann einmal das Personal anwies. Links und rechts vom Entree verlief je eine Treppe bogenförmig zur ersten Etage, welche eine Galerie mit Blick auf den Eingang bildete. Unten links an der Treppe vorbei ging es zum Salon, wo die Herren zum Whisky, Gin oder Portwein nach einem Galadiner sich trafen und dazu eine feine Zigarre rauchten und seicht politisierten. Man könnte noch viel über dieses Haus erzählen. Es hieß, dass in diesem Haus nur Botschafter und Diplomaten gelebt hätten, selbst die Großeltern solche waren. Das Haus wurde etwa im achtzehnten Jahrhundert gebaut, die genaue Geschichte ging verloren, weil ein früherer Besitzer beim Verkauf alle Papiere darüber mitgenommen hatte, man munkelte, dass er ins Ausland verlegt worden sei und sich mit Erinnerungsstücken über das Haus eingedeckt hatte, weil er so stark daran hing.

Die Hoffmann Eltern waren viel außer Haus, da Herr Hoffmann ein Diplomat war und immer irgendwo eingeladen wurde oder offizielle Besuche abstatten musste, wobei natürlich seine Frau mit von der Partie sein musste, was sich auch gut machte. Sie kannten inzwischen die Gepflogenheiten dieser gehobenen und gebildeten Gesellschaft und waren mit vielen Botschaftern, Diplomaten, Politikern per Du und genossen viel Wohlwollen, sowohl im In- als auch im

Ausland. Die Kinder oblagen Klara, die vollstes Vertrauen genoss und von allen geliebt wurde. Sie hatte eine Lebensfreude und Art zu lachen und die Dinge zu betrachten, vielleicht vergleichbar mit Schneewittchen. Sie verzauberte die Dinge, die Kinder, die Leute und alles, was sie berührte, umhüllte sie mit einer gewissen Magie. Manchmal hatte man den Eindruck, dass Mäxchen ihr Bube war, weil sie so fröhlich miteinander und aufeinander achtend waren.

Unlängst begannen Gäste zu kommen, die zwar zum diplomatischen Kreise gehörten, aber ziemlich dunkle Gestalten abgaben. Seit dem Aufkommen der NSDAP und einem spürbaren Faschismus im Lande, schossen solche Kreaturen aus dem Boden, die eher dem Pöbel als dem Intellekt zugeordnet werden würden, sich aber dennoch in die noblen Kreise einschlichen. Man empfand diese Leute jedes Mal als eine Zumutung, da sie nicht erzogen waren, sondern aßen, tranken und sich benahmen wie Fuhrwerker, vor allem, wenn es um die Wortwahl ging. Snobismus, Ignoranz und Besserwissertum waren verpönt in diesem Hause. Man half einander, wo man nur konnte, und so blieben die Kinder, die Eltern und die Angestellten ziemlich frei in ihrem Denken und Handeln.

Herr Hoffmann entsetzte sich schon seit Jahren über dieses Geschrei eines Österreichers namens Adolf Hitler, den er beim ersten Mal, als er ihn traf, als Populisten, aber äußerst gefährlich, bezeichnete. „Die Menschen rennen ihm nach wie ferngesteuerte Puppen", sagte er einmal. Klara hörte ihm gerne zu, denn er sagte meistens ganz gescheite Dinge. Trotzdem lebte sie in ihrer eigenen bunten Welt, wo viel Zauber und Glück zu Hause waren und kaum störende Dinge an sie herankamen.

Eines Tages kamen die Hoffmanns zurück – sie wurden vom Personal mit Freude empfangen, alle standen ihnen Spalier. Es hatte sich etwas in ihren Gesichtsausdruck geschlichen, was man noch nicht so richtig deuten konnte, aber nichts Gutes verheißen sollte. Nachdem die Familie gespeist hatte, ließ Herr Hoffmann das gesamte Personal im Salon sich versammeln. Er schaute etwas besorgt drein und erzählte allen, dass, wie er prophezeit hätte, tatsächlich der Krieg gegen östliche Länder ausgebrochen sei und dies einzig und allein diesem Hitler zuzuschreiben war. Je mehr er sprach, desto mehr zeigte sich ein gewisses Grauen und Entsetzen in seinen Augen. Schnell nippte er am Brandyglas, um sich etwas sammeln zu können. Klara, etwas erregt, sagte, dass sich niemand Sorgen machen solle – alles komme schon wieder gut, was der Runde sichtlich guttat, denn alle wurden dadurch etwas entspannter und begannen wieder zu lachen. Das war Klara, sie konnte solch eine Unbekümmertheit und Fröhlichkeit an den Tag legen, was alle anzustecken schien.

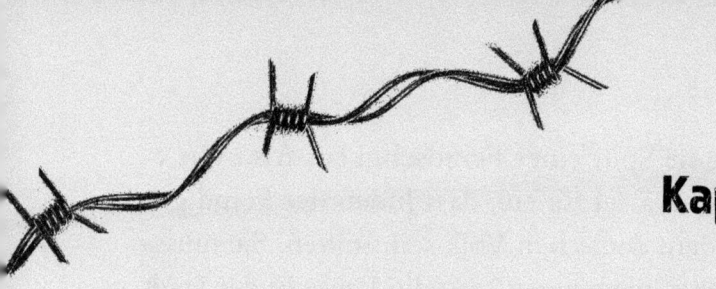

Kapitel 2

Die Tage auf ihrem Wohnsitz gingen vorbei wie im Fluge – sie sollten auch die besten gewesen sein in ihrem Leben. Mäxchen wuchs zu einem Jungen heran, dennoch verbrachten Klara und er die meiste Zeit zusammen. Mäxchen war nun neun Jahre jung, sprach manchmal schon recht gehoben, so wie es seine Eltern taten.

Eines Tages wollte Klara in die Stadt gehen, um viele Menschen zu sehen und auch herauszufinden, wie andere Leute in diesen anscheinend turbulenten Zeiten lebten. Es herrschte Krieg, zumindest im Ausland, wie sie in der Zeitung gelesen hatte. Im Radio hatte sie viel gehört, wie rein das deutsche Volk werden würde und wie führend und erhaben doch die Arier gegenüber allen anderen Menschen auf der Welt seien – Götter, das seien sie. Sie hatte Mühe, diese Propaganda zu glauben, doch war sie so beständig und überzeugend, dass man sich als Deutscher tatsächlich wie ein Gott fühlen musste. Aber sie musste sich auf ihre Herkunft besinnen, betrachtete ihren Pass und las „Klara Devora Bernstein", sie gehörte zu jenen, die anscheinend zum Feindbild der Arier passten, eine Jüdin. Die Familie Hoffmann hatte dies nie, auch nur andeutungsweise, erwähnt. Es gab nie auch nur die Spur einer Feindseligkeit. Also war es ein großes Rätsel für sie, dass Juden der Feind gegenüber dem deutschen Volk sein sollten. Sie musste sich selbst überzeugen, was die Leute in der Stadt dazu sagten und wie sie auf sie reagierten, wenn sie sich offenbarte. Sie informierte das restliche Personal, vor allem die Wirtschafterin, dass sie in die Stadt gehen würde für den Nachmittag. Mäxchen, von einem anderen Raum aus hörend, was sie sagte, rannte zu ihr, um ihr zu sagen, dass er dabei sein möchte. Er sei noch nie in der Stadt gewesen, auch er wollte mal sehen, wie die Leute da so seien und wie sie lebten. Er pflegte zu sagen: „Wir sind auch Menschen und wir haben es gut zusammen, also warum sollte es woanders anders sein?"

Klara überlegte kurz und dachte, warum sollte er auch nicht mit ihr kommen? Sie holte ihr Fahrrad aus dem Nebenhäuschen ihrer Unterkunft hervor, welches eine Art Sitz hinten auf dem Gepäckträger für Mäxchen hatte. Und so fuhren sie zusammen in Richtung München. Sie fuhren durch Vororte, bis sie in der Stadt beim Viktualienmarkt angekommen waren. Sie beobachtete, während sie fuhr, dass es Menschen gab, die eine Art Stern neben dem Revers ihres Jacketts oder Mantels trugen und etwas gebückt sich fortbewegten. „Seltsame Art sich zu kleiden", dachte sie. Sie stieg vom Fahrrad, Mäxchen saß fröhlich und mit großen Augen auf dem Sitz und konnte seinen Mund kaum schließen. Die imposanten Gebäude, Plätze und Straßen erstaunten ihn dermaßen.

Klara lehnte ihr Fahrrad an einen Baum, nahm Mäxchen an der Hand und sie begannen, an verschiedene Orte zu spazieren. Mäxchen begann, neben ihr zu hüpfen und pfeifen, so fröhlich war ihm zumute. Klara empfand mehr eine gewisse Bedrückung, die sie von der Umgebung her wahrnahm, und sie spürte, dass es ein Geheimnis gab, das sie lüften musste: Ist sie der Feind?

In einer Gasse angekommen, kamen zwei militärisch gekleidete Herren auf sie zu und sprachen sie an: „Können Sie sich ausweisen?"

Sie fragte: „Warum denn das?"

Schroff sagte der eine Mann, dass sie sich auszuweisen hätte, wenn sie danach gefragt werde, ohne Widerrede. Sie tat wie geheißen. Der Mann sah in den Pass, dann auf sie, dann auf den Jungen, dann in den Pass, dann zu seinem Kollegen, dann wieder auf sie und sagte: „Sie müssen mitkommen." Er nahm sie leicht am Arm und zog sie stetig in eine Richtung, mit Mäxchen an ihrer Hand. Es lief ihr kalt den Rücken hinunter, ein gewisses Grauen konnte sie nicht vermeiden oder überspielen. Sie wurde anscheinend tatsächlich als Feind erkannt, in diesem Land, das für sie die Personifizierung von Freiheit und Menschenfreundlichkeit darstellte. Mäxchen neben ihr schien die Grobheit dieser Herren nicht bemerkt zu haben, hüpfte weiter und pfiff, zwischendurch zeigte er auf Dinge, die er lustig fand und neigte seinen Kopf ganz nach hinten, um das Oberste der Gebäude sehen zu können.

Auf einem anderen Platz angekommen, wurden sie in eine Menschenmenge gemischt, die alle dastanden und anscheinend warteten. Sie wurde angewiesen, da zu bleiben. Um sie herum standen Soldaten mit Gewehren am Arm und Pistolen in der Hand, um die Gruppe hermetisch zusammenzuhalten.

Etwa eine halbe Stunde später erschien ein brauner Lastwagen mit Plachen über die Brücke gespannt. Der hintere Laden wurde heruntergeklappt, die Plache hochgekrempelt. Dann wurden die Menschen einer nach dem anderen aufgeladen, das heißt, sie mussten selbst rauf- und einsteigen. Klara wandte sich an einen Aufpasser, um zu fragen, wohin sie gebracht würden. Sie müsse am Abend wieder zu Hause sein, weil sie ein Kindermädchen sei. Der Mann missachtete ihr Anliegen, schrie sie an, dass sie sofort einsteigen solle und den Jungen mitnehmen müsse und er keine Widerrede erlaube. Klara wurde ganz kalt ums Herz — mit so viel Hass hatte sie überhaupt nicht gerechnet. Was war wohl geschehen, dass diese Leute so kühl und unfreundlich geworden waren? Gab es eine für sie, Klara, unbekannte Bedrohung irgendwelcher Art für diese Soldaten? Also tat sie wie befohlen, stieg mit Mäxchen auf, schloss bis zu den Menschen auf, die schon dasaßen und setzte sich mit Mäxchen neben sie. Sie spürte die Angst in jedem einzelnen dieser Leute und sie war auch am Geruch zu erkennen. Sie fragte ihren Nachbarn, wo die Reise hinging, um immer noch an eine Unechtheit der Szene festzuhalten, und versuchte dabei so emotionslos zu wirken, wie nur möglich. Einer von weiter hinten sagte: „Ins Arbeitslager." Ein anderer lächelte hämisch und sagte: „Ins Paradies." Klara konnte es noch immer nicht glauben, dass man so behandelt werden konnte, und der gerade mitgeschwungene Sarkasmus ließ sie am ganzen Leib erzittern. Was war in und mit diesem Land geschehen? War es in der Tat, wie Herr Hoffmann sagte, Adolf Hitlers Einfluss und Ideologie, der das Menschengeschlecht in Deutschland in verschiedene Klassen spaltete?

Sie mussten Stunden gefahren sein, denn es dunkelte bereits ein. Die Hoffnung, noch heute zurück nach Hause zu kommen, war völlig verflogen und wirkte wie ein Traum. Mäxchen war eingeschlafen. Als der Lastwagen zum Stillstand kam, nahm sie ihn auf den Arm, um ihn dann beim Aussteigen jemandem unten am Boden stehend zu übergeben, bevor sie vom Lastwagen stieg, und nahm dann den Jungen wieder in ihren Arm. In der roten Dämmerung konnte sie in der Ferne eine Art Stacheldraht erkennen, in der Nähe waren Holzhäuser, in dessen Richtung sie mit Gewehrkolben hingestoßen wurden. In einem Raum angekommen, musste sie sich völlig nackt entkleiden, die Kleider wurden von ein paar Frauen entfernt, stattdessen hatte sie eine Art gestreiften Pyjamas anzuziehen, das eher einer Gefangenenkluft gleichkam. Mäxchen durfte seine Kleider anbehalten, man ließ ihn erstaunlicherweise weiterschlafen. Dann wurde ihnen beiden die Haare bis zum Ansatz geschoren und sie kamen in ihr Quartier. Ein

Bett in der oberen Etage eines Kajütenbettes für beide zusammen, was Klara recht war, denn so konnte sie Mäxchen beschützen, wie sie zumindest glaubte. „Das völlig Ungewisse hatte nun begonnen", dachte sie, als wäre sie in einem völlig anderen Universum angekommen, das keine Liebe, Gnade, Freundlichkeit oder Würde besaß. Die Menschen hier wurden wie Tiere in ihre Käfige eingepfercht. Sie hatte Hunger, aber kaum Hoffnung auf ein anständiges Essen. Sie war unverhofft in der Hölle gelandet.

Kapitel 3

Während den nächsten Monaten erlebte sie so viel Grauen und Schrecken, wie sie es sich niemals vorstellen konnte. Insassen wurden willkürlich, gerade wie die Laune des Überwachers war, niedergeschlagen, verschwanden über Nacht, hatten Hämatome am ganzen Körper oder gar Vergewaltigungsanzeichen. Von Zeit zu Zeit durchstrich ein nach Tod und Leichenfäulnis stinkender Brodem die Baracken und Außenbereiche. Man gewöhnte sich daran und hielt sich einen Ärmel vor die Nase, bis die Schwaden sich wieder verzogen hatten. Mäxchen, mit seiner sonnigen Jugend, kicherte öfters, wenn er Leute ansah, die sich etwas komisch oder seltsam benahmen. Für ihn schien die Welt noch immer in Ordnung zu sein, obwohl er manchmal doch öfters die Stirn runzelte und sich fragte, ob er tatsächlich sah, was er sah oder roch, was er roch. Klara war geneigt, den Menschen um sie herum zu helfen, wenn sie zu schwach, verzweifelt und gequält waren. Sie stützte sie, sprach ihnen gut zu und gab Essen von ihrer Ration an sie ab. Sie war eine wirklich gute Seele. Man spürte sie, wenn sie in der Nähe war. Ihre außergewöhnliche Menschenliebe strahlte von ihr ab, dass die anderen um sie herum nicht anders konnten, als fröhlicher zu werden. Für eine kurze Zeit konnten sie ihre Situation vergessen und von ihrer Lieblichkeit sich nähren.

Etwa ein halbes Jahr später, mitten im Winter – Klara und Mäxchen waren immer eng zusammen gewesen – wurde Klara anscheinend für Näharbeiten in eine andere Baracke abberufen. Sie musste sich von Mäxchen verabschieden, weil sie nicht wusste, wie lange sie weg sein würde. Ihre Augen zeigten nichts Gutes an, sie waren voller Tränen – sie schien wie gelähmt zu sein und ihr ganzer abgemagerter Körper zitterte. Sie versuchte alles zu kaschieren, was Mäxchen Sorgen bereitet hätte. Mäxchen wusste nicht recht, was los war, noch konnte er nachvollziehen, wie sie sich gefühlt hatte. Er spürte einfach eine Art definitiven Abschieds um Klara herum. Später dachte er öfters an diesen Moment zurück, um das Geheimnis doch noch lüften zu können. Zuerst war Mäxchen ziemlich einsam gewesen. Er spielte ziellos mit Kieselsteinen draußen vor der Baracke und spürte eine unbändige Sehnsucht nach Klara in der Brust.

Die Zeit verging erbarmungslos und Klara kehrte nicht mehr zurück. Insgeheim war sie für Mäxchen noch immer am Leben, irgendwo inmitten der Näharbeiten, für die sie gerufen wurde. Es gab wahrscheinlich viel mehr zu tun als ursprünglich angenommen. Aber dann begann doch seine Sehnsucht zu schwinden und er freundete sich mit anderen Kindern an. Aber nachts sah er Bilder von Klara und erinnerte sich daran, wie sie spielten und lachten, was seine Sehnsucht in ihm erneut entflammte. Daraufhin durchwanderte er am nächsten Tag alle Baracken, um Klara zu suchen, kam aber jedes Mal enttäuscht zurück. Niemand schien etwas zu wissen. Er dachte, dass Klara ihn vergessen hatte, dass sie nun einfach eine andere Aufgabe hatte, aber es wäre ihm nie in den Sinn gekommen, dass ihr etwas Schlimmes zugestoßen sein könnte.

Das erste Jahr ging nicht an ihm vorbei, als wäre nichts gewesen. Zu viele Male musste er zusehen, wie seine Freunde mitten in den hoffnungslosen Erwachsenen weinten. Erwachsene, deren Abmagerung man buchstäblich beobachten konnte. Wie sie versuchten, vergeblich aneinander Halt zu finden und wie sie die Kontrolle über ihre Notdurft verloren.

Mäxchen wurde gegen seinen Willen reifer, denn er versuchte zu vermeiden, der Realität vollständig in die Augen zu schauen, zu grausam war sie. Viele Male musste er zurück an die frühere Zeit bei seiner Familie und Klara denken.

Er saß oft draußen vor der Baracke und beobachtete die verschiedenen Tiere hinter dem Zaun. Da waren Vögel, die fröhlich sangen, Füchse, die einander jagten und tollten, ein Reh, das aufsah und verschreckt davonsprang, eine Eule auf einem Ast, die so lustig ihren Kopf verdrehte. Er begann die Außenwelt hinter dem Zaun mit dem Leben im Zaun zu vergleichen und erkannte, dass da Freiheit und Lebenslust und auf seiner Seite nur Elend und Verzweiflung herrschte. Wie konnte ein Stacheldraht zwei solch verschiedene Welten voneinander trennen? Zum Greifen nah schien die Freiheit, und doch so weit, vermutlich noch weiter, als wenn man sie nicht sehen könnte.

Er hatte Klara schon bald vergessen und gab sich vor allem mit seinen Freunden ab. Einer von ihnen hieß Elias, der ein Jahr jünger war und ganz schwarzes Haar trug. Der andere David, fast gleichen Alters, welcher seine Finger speziell fest überkreuzen konnte, sodass es richtig auffällig war. Manchmal traf er ein Mädchen namens Adaja, die zwei Jahre älter war als er. Sie war relativ groß gewachsen und trug immer eine Haarspange im dunkelbraunen Haar, um eine Strähne vom Gesicht wegzuhalten, die sonst ein Auge verdeckt hätte. Sie konnten miteinander wunderbar der Realität entfliehen, wenn sie Fangen oder Blinde Kuh spielten. So konnten sie all die Gräuel und Entsetzen völlig vergessen, mussten sich aber immer wieder daran erinnern, wenn sie wieder in die Realität eintauchen mussten, wenn sie gerufen wurden oder es Essenszeit war. Diese Kinder konnten sich in ihrer eigenen Welt ausgelassen und so fröhlich amüsieren, was die Erwachsenen einfach nicht mehr fähig waren zu tun. Entweder hatten sie ständig körperliche oder geistige Schmerzen und Qualen, oder sie saßen und lagen nur apathisch herum, kaum ansprechbar für irgendetwas. Da war ein gedrungener alter Mann, mit ein paar übrig gebliebenen Haarsträhnen an der Glatze klebend, der fröhlich geblieben schien – er ließ nur für den genaueren Betrachter durchschimmern, dass er sich der Welt völlig entzogen hatte. Man konnte entdecken, dass er mit Blumen, Bäumen und sogar Ungeziefer sich richtig unterhielt. Er erzählte ihnen Geschichten aller Art, kicherte manchmal dabei, wie es ihm gerade so einfiel.

Eines Tages kam ihm Mäxchen recht nahe und hörte, wie der Mann von Kobolden, Feen und Geistern sprach. Mäxchen näherte sich ihm noch mehr, um noch besser verstehen zu können – der alte Mann machte unbeirrt weiter. Er begann sogar zu summen und leise zu singen. Lieder aus fremden Ländern, jedenfalls konnte Mäxchen kein einziges Wort verstehen. Völlig gebannt und neugierig lauschte der Knabe und erschrak, als der Mann ihn abrupt anschaute, dann aufhörte und wegging.

Ein anderes Mal spielten Mäxchen und seine Freunde mit einer zerknäulten Papiertüte Fußball. Das Tor war eine Seitenwand einer Baracke. Adaja war im Tor, Elias in der Verteidigung, David der Gegner von Mäxchen, welcher ein Tor schießen musste. Der Erste, der ein Tor schoss, ging dann in die Verteidigung, das Mädchen blieb im Tor. Dann geschah, dass der Papierknäuel hinter die Baracke, das heißt, zwischen Baracke und Stacheldraht, sprang. Mäxchen, der am nächsten dran war und auch geschossen hatte, musste den Knäuel holen. Da der Abstand von der Baracke zum Zaun nur etwa 30 Zentimeter betrug, musste er sich ganz dünn machen, damit er seinen Körper durchschleifen konnte, dann in die Knie gehen, um den „Ball" aufzuheben. Als er in der Hocke angekommen war, konnte er unter die Baracke sehen, denn diese war auf kleine Fundamentpfeiler gestellt.

Er konnte entdecken, dass aufgelockerte Erde unter der Baracke bis zum Zaun hin führte. Er schnappte sich den Knäuel, schleifte sich zurück und sie spielten weiter, solange, bis sie zum Essen gerufen wurden. Diese Entdeckung ließ ihn nicht mehr los. Er malte sich aus, dass es Menschen gegeben haben musste, die das Lager dort verlassen hatten.

„Was würden sie wohl heute tun?", fragte er sich.

„Würden sie fröhlich bei ihren Familien sein und alles, was geschehen war, vergessen haben?"

Heimweh flammte in ihm auf, das ihn nicht mehr loslassen sollte.

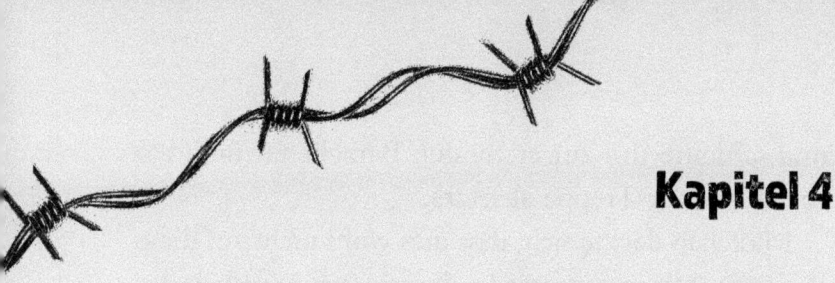

Kapitel 4

Mäxchen traute sich nicht wirklich zu, unter dem Zaun durch zu entkommen. Er dachte sich, dass es wahrscheinlich noch nie jemand versucht hatte, einfach mir nichts, dir nichts, durch das Haupttor zu entkommen. Eigentlich sollte das niemanden stören, im Gegenteil, wieder einer weniger zu versorgen. Gedacht, getan. Am nächsten Tag stellte er sich in die Zweierreihe jener Menschen, die auswärts Dienste zu verrichten hatten. Sie wurden von einem Soldaten vorne und einem hinten begleitet, immer mit entweder einem Knüppel oder einer Maschinenpistole in der Hand. Sie marschierten los, das Tor wurde geöffnet, sie marschierten weiter, bis ein gellender Schrei aufhielt: „Stopp!" Einer der Begleiter lief schnell zu Mäxchen hin, stellte sich vor ihm auf und knallte ihm eine Ohrfeige, die sich gewaschen hatte. Mäxchen fiel zu Boden, ganz benommen von dem Schlag und schaute den Mann an, der ihn fragte, was er da mache. Mäxchen, noch sichtlich verstört, sagte: „Fliehen." Eigentlich wollte er sagen, dass er auch mal hinter den Zaun gehen wollte, aber natürlich war die Wahrheit „zu den Tieren, dem Wald, den Wiesen, in die Freiheit fliehen", die er nicht mehr zurückhalten konnte. Der Mann nahm ihn beim Kragen und schleifte ihn zur erstbesten Baracke zurück, wo er ihn auf der Treppe absetzte.

Mäxchen dachte sich, dass dies wohl nicht auf diese Weise funktionieren würde, die schienen wirklich daran interessiert zu sein, dass er da blieb, aber warum? Was war an ihm so wichtig oder anders? Er konnte sich keinen Reim daraus machen. Er nahm sich vor, einen weiteren Plan auszuhecken, aber würde seinen Freunden nichts davon erzählen, man wusste ja nie, wie die darauf reagieren würden.

Mäxchen hatte sich den entdeckten, möglichen Fluchtort hinter der Baracke, nahe am Zaun, als den Plan ausgedacht, den er als letztes einsetzen würde. Bevor er da sich da durchgraben würde, würde er durch den elektrisch geladenen Stacheldraht durchzuschlüpfen versuchen. Das war für ihn eine ziemlich schwierige Aufgabe, da die Maschen recht eng waren, außer an einer Stelle, welche er eines Tages, als er allein sein wollte, entdeckt hatte. Die zweite Masche von unten war weiter offen, welche mit viel Geschick durchdringbar schien, das heißt, zuerst mit einem Arm und einer Schulter, dann mit dem Kopf, dem zweiten Arm und der zweiten Schulter, dann den Oberkörper, sich aber vorher auf der anderen Seite am Boden abstützend, langsam nach vorne bewegend und dann irgendwie die Beine nachziehend. Dieses Szenario hatte er sich während vieler Tage und Nächte vorgestellt und durchgespielt. „Es müsste gehen", dachte er, aber er wusste, dass der Zaun unter Strom stand, also ein Berühren war keine Option, er wusste nicht, ob ein

Kontakt mit dem Zaun tödlich sein konnte. Dann, ein paar Nächte später, schlich er aus dem Bett, raus aus der Baracke, entlang derselben und an den anderen vorbei, die Scheinwerfer, die von einem Beobachtungsposten schimmerten, abwartend und ihnen nachfolgend, bis er an eine Stelle kam, die unbeleuchtet blieb. Er blieb stehen, wartete ab, und immer die beiden Scheinwerfer im Blick behaltend, rannte er zu der Zaunstelle mit der größeren Masche. In der Nähe war eine Schubkarre, hinter der er kauern konnte. Er blieb da so lange sitzen, bis er sah, dass die Wache auf dem Turm sich ablöste. Dann war seine Zeit gekommen. Er hatte sich vorher in der Baracke seine Hose so straff wie nur möglich angezogen, sodass kein Stoffteil lose hing. Das Oberteil zog er aus und trug nur noch das Unterleibchen, fest in die Hose gepackt, damit auch da nichts weghängen konnte. Wie er es sich ausgedacht hatte, musste es funktionieren. Er nahm allen Mut zusammen. Es war nur ein leises Rauschen des Windes zu hören. Dann schob er vorsichtig den linken Arm durch die Masche, dann die Schulter und den Kopf und sich auf dem Boden der anderen Seite bereits mit der Hand stützend. Er dachte: „So fühlte sich die andere Seite also an", besann sich dann aber sofort wieder seiner gefährlichen Lage. Dann zog er überaus langsam und vorsichtig den rechten Arm und die Schulter nach, ohne den Zaun zu berühren und sich anzusengen. Nun war er zur Hälfte durch. Langsam, sich mit den Händen ein wenig vorwärts bewegend, bis die oberen Beinpartien in der

Schlaufe waren. Dann kam der schwierigste Teil. Er musste ein Bein hinten auf dem Boden lassen, während er das andere seitlich anzog. Plötzlich ertönte eine Sirene, die ihn erstarren ließ. Er hörte ein lautes Klicken, vermutlich hatten sie den Strom abgeschaltet. Grelles Licht zündete in seine Richtung, Männer kamen, die ihn aus der Masche zurückzogen. Er wurde sofort bestraft, indem sie ihn in eine Dunkelzelle steckten. Es gab praktisch nur Schwärze bis auf einen klitzekleinen Spalt, der ihm verriet, ob es Tag oder Nacht war. Er musste mit seinen Dämonen, so gut es ging, selbst zurechtkommen – niemand kam ihm zu Hilfe, wenn er schlecht träumte, Angst hatte oder fror. Beim Eintreten in dieses Loch wurde ihm ein Topf gezeigt, den er benutzen konnte. Er musste sich merken, wo er geblieben war, ansonsten hätte er lange suchen müssen. Der Raum war niedriger als er hätte geradestehen können, also schlug er sich mehrmals den Kopf an, bis er sich daran gewohnt hatte, gebückt zu stehen oder sich zu bewegen.

Mäxchen konnte nicht sagen, wie lange er darin verweilt hatte. Es mussten mehrere Nächte und Tage gewesen sein. Manchmal lugte er durch die Ritze raus, um zu sehen, wie Männer und Frauen verprügelt, beschimpft und sogar erschossen wurden. Ein Schrei grub sich aus seiner Lunge, den er wie einen ausbrechenden Vulkan entweichen lassen musste. Es schien niemanden zu kümmern.

Dann, eine unbestimmte Zeit später, ließ man ihn wieder raus, zurück in seine Baracke, mit einer

Warnung, dass man das nächste Mal den Strom nicht abschalten würde. Er war von dieser Tortur und den Todesängsten, die er durchstehen musste, unglaublich erschöpft. Seine Haare waren in dieser unergründbaren Zeit der Einzelgefangenschaft recht gewachsen, dass sie ihn sofort in die Nähe der Küche brachten, um ihn gründlich zu scheren. Danach wollte er nur noch schlafen. Er vergrub sich für eine Nacht, einen Tag und eine weitere Nacht in seinem Kajütenbett. Niemand störte ihn, noch zwang man ihn zum Antrittsverlesen oder beim Essen dabei sein zu müssen. Dann ging er noch einige Zeit vom Bett zum Essen und wieder zurück zum Bett.

Ein paar Tage später hatte er wieder Lust verspürt, mit seinen Freunden zu spielen und in ihre Traumwelt einzutauchen. Zu seiner Verblüffung fragten sie ihn nicht danach, was passiert war. Vermutlich „wussten" sie und wollten sich nicht weiter damit befassen. Während dem mit Stecken Spielen schlüpfte Mäxchen schnell hinter die Baracke, um zu sehen, ob der Fluchtweg noch da war. Zu seinem Entsetzen war die lockere Erde verschwunden, das heißt, die Erde war steinhart und das Loch im Boden der Baracke weg. Er musste sich nun einen anderen Plan aushecken, dachte er. Aufgeben war für ihn keine Option, denn hier würde er ganz bestimmt sterben und er hing am Leben, wie eine Klette am Baumstamm. Es vergingen viele Tage und Wochen − seine Freunde schienen die täglichen Gräueltaten, Bestrafungen und das sporadische Verschwinden von Menschen nicht zu interessieren oder sie wahrzunehmen. Von Zeit zu Zeit spie der hohe Kamin schwarzen Rauch aus, der bestialisch stank. Mäxchen konnte nicht wegsehen oder es ignorieren, wie seine Freunde es taten. Er dachte sich, dass es vermutlich eine spezielle Fähigkeit benötigte, diese Dinge aus dem Alltag auszublenden, damit man nicht diesen Schmerz erleben musste. Manchmal hatte er die ältere Adaja beobachtet dabei, wie sie reagierte, wenn vor ihren Augen jemand erschossen oder bewusstlos geschlagen wurde. Es schien, als ob eine Art Schwindel beim Beobachten dieser Gräueltaten sie befallen würde, der ihren Kopf von der Szene unmittelbar abwandte und sie in eine Trance versetzte. Wenn es vorbei war, machte sie sich dann einfach auf, um woanders hinzugehen. David, er hatte eine andere Eigenheit, schlimme Dinge zu erleben – er hielt sich die Augen und die Ohren zu, so als ob auf diese Art nichts davon in ihn hineindringen würde. Elias, ein absoluter Spezialfall, den Mäxchen dennoch verstehen konnte. Er biss sich immer in dieselbe, inzwischen vernarbte, Handballe, bis sie blutete. Auf diese Weise konnte er sich vor dem Schmerz schützen, der von außen her drohte. Mäxchen neigte dazu, dass er, wenn er seine Freunde entdeckte, wie sie sich von dem Schmerz abwenden mussten, sich ihnen näherte, um sie zu berühren oder gar in den Arm zu nehmen, um sie zu trösten. Jedes Mal stieg in ihm ein Gefühl von Freiheit hoch, das ihm bestätigte, dass er der Auserwählte war, diese Leute retten zu müssen. Diese Erkenntnis schützte ihn vor jeglichen Schmerzen, die ihm hätten zugefügt werden können, und sie bewahrte in ihm das Ehrgefühl, den Stolz und die Unbändigkeit, und zudem behielt er einen klaren Verstand. Er wusste, dass seine Ehre viel mehr wert war als sein unmittelbares Leben. Er fragte sich manchmal, warum gerade er dieses andere Bewusstsein hatte, aber er hatte es einfach und das wollte er auch nicht aufgeben oder verlieren – zu wertvoll es war.

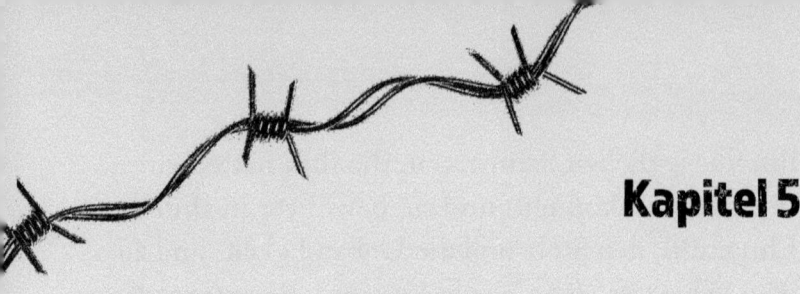

Kapitel 5

Mitten in einer Nacht wachte Mäxchen auf und ein Szenario lief vor seinen Augen ab, dessen er sich vorher nicht bewusst war. Ein Gemüsehändler fuhr wöchentlich mit seinem Traktor und Anhänger ins Camp, vollgepackt mit Harassen, gefüllt mit Salaten und Gemüse aller Art. Darüber lag eine braune Plache, um die Pflanzen zu schützen oder frisch zu halten. „Das ist es", dachte er, „das Fluchtgefährt." Tatsächlich kam und ging jeden Montagmorgen dieser Gemüsehändler. Es musste doch möglich sein, sich auf dem Karren zu verstecken und so das Camp zu verlassen. Eine Sache musste er prüfen, und zwar wann und wie die das Camp verlassende Karre von den Soldaten überprüft wurde. Am nächsten Montagmorgen saß Mäxchen unverdächtig und anscheinend tagträumend auf der Barackentreppe und beobachtete, wie der Gemüsewagen kam, das Gemüse bei der Küche abgeladen wurde, die leeren Harasse zurück auf den Anhänger gehievt und mit der Plache wieder zugedeckt wurden. Die Plache wurde am Schluss sogar um die Harasse mit einem Seil zugezurrt. Dann fuhr der Gemüsehändler zurück zur Eingangspforte, dort lugte eine Wache, rund um den Anhänger gehend, unter die Plache, so gut es ging. Mäxchen beobachtete, dass die mittleren Harasse unbehelligt, also dem Auge des Beobachters verborgen, blieben. Das war die Lösung für seine Flucht. Das nächste, was er sich ausdenken musste, war, wie er in einen der mittleren Harasse reinkommen würde. Er überlegte und wog ab und kam schlussendlich nur auf eine Lösung – er brauchte eine Ablenkung. Welcher seiner Freunde konnte diese am besten spielen? Das Mädchen Adaja, sie musste vermutlich etwas Bein zeigen, damit der Gemüsehändler kurz abgelenkt würde und er auf dem Wagen verschwinden konnte. Dies musste aber geschehen, kurz bevor die Plache übergeworfen würde. Sein Plan musste funktionieren, denn er wusste nicht, ob er die nächste missglückte Flucht überleben würde. Er war auch schon etwas älter geworden, wo man ihm nicht mehr mit einer kleinen Strafe alles verzeihen würde. Man würde ihn als Fluchtanstifter betrachten, was für diese Leute wohl als Hochverrat verurteilt würde und man hätte ihn zu ihrem Vergnügen exekutiert.

Am Nachmittag fand Mäxchen einen geeigneten Moment, um Adaja über seinen Plan ins Bild zu setzen. Sie begann am ganzen Körper zu beben, als sie erkannte, was er vorhatte und vor allem, was er mit *ihr* vorhatte. Sie malte sich schon aus, wie der Mann auf sie reagieren und hoffentlich nicht zu viel Feuer fangen würde, das wäre ein Horror gewesen. Mäxchen wusste, dass er Adaja ein bisschen einführen sollte, wie sie sich verhalten musste. Nachts schlich er in ihre Baracke, um sie aufzuwecken, nach draußen zu gehen, um dort bei den Stufen zu üben. Sie trug, wie alle anderen, diesen blau-weiß gestreiften Pyjama, der nicht besonders sexy anmutete. Das Schwierige war, wie sie eine leichte Erotik an den Tag legen konnte, die für ihn nicht zu betörend und für sie nicht zu erniedrigend war. Verschiedene Szenen gab er ihr vor zu üben, bis eine passte. Sie musste die drei unteren Knöpfe des Oberteils offen lassen und ihren Bauchnabel zeigen, das musste genügen. Weitere zwei Nächte gingen sie hinaus, um dies zu üben, bis Adaja selbstsicherer und fast etwas frivol wurde – zum Glück war die Temperatur ertragbar, es war zwischen Frühling und Sommer. Mäxchen musste sich dann sehr zusammenreißen, dass seine Nervosität nicht auffiel, weil es immer noch vier Tage dauerte, bis wieder Montag war. Er zählte beinah die Stunden, ja sogar die Minuten, wenn er mitten in der Nacht meistens schweißgebadet aufwachte. Dann, von Sonntag auf Montag, konnte er nicht mehr einschlafen, all die Möglichkeiten und Unmöglichkeiten schossen ihm wie Pfeile durch den Kopf, die er dann alle wieder verwarf und sich sagte, dass er sich keine Sorgen zu brauchen machte. Doch ließ es ihn bis zum Anbruch des Tages nicht los. Obwohl das Frühstück nur aus einem Stück Brot und etwas Butter und einer komischen Art von heißer Schokolade bestand, brachte er keinen Bissen runter. Innerlich zerriss es ihn beinahe. Er dachte an seine Freunde, sein Zuhause, Klara. Oh Klara, wo sie nur geblieben war – die grausamen Menschen gaben ihm genug Grund, sein Vorhaben durchzuziehen – er musste es tun.

Der Moment kam. Mäxchen schlenderte nach draußen, sah Adaja herumspazieren. Der untere Knopf des Oberteils war bereits offen. Er schaute rüber zum Eingangstor, da war noch kein Gemüsehändler oder eine Karre zu sehen. Normalerweise kam er immer kurz nach dem Frühstück, welches nach dem Antrittsverlesen stattfand. Er schien sich Zeit zu lassen, alles schien wie immer, nur kein Gemüsehändler. Mäxchen und Adaja schauten sich von weitem mit gehobenen Augenbrauen und andeutungsweise angehobenen Schultern an, wandten sich ab, um eine weitere Runde zu drehen und unauffällig zu bleiben. So ging das eine zermürbende, geschlagene Stunde. Mäxchen schaute erneut zum Eingangstor und da war die Karre, gerade am Hereinrollen, der Gemüsehändler auf dem Traktor mit einer Backpfeife im Mund, nach links und rechts mit verstohlenen Blicken um sich schauend. Vor der Küche schaltete er den Motor aus. Wo blieb Adaja, wo war sie? Mäxchen schaute um sich und sah sie plötzlich um die Ecke schlendern. Sie hielt inne, als sie die Karre entdeckte, dann beschleunigte sie leicht und unauffällig ihre Schritte und setzte sich auf die Treppe bei der Baracke gegenüber der Küche. Sie hatte sich die beiden anderen Knöpfe auch schon gelöst, saß da, ein Bein auf die obere Stufe angewinkelt und das andere zwei Stufen tiefer ausgestreckt. Nein, ihr Blick, Mäxchen war entsetzt, sie schaute mit einem

lasziven Blick, der den eisigsten Mann schmelzen lie-
ße. Er sah, wie sie den Gemüsehändler testete, der
bereits „Lunte gerochen" hatte. Der Mann war mit
dem Rücken zu ihr gewandt und hatte es dennoch
bemerkt. Er verschwand mit einem vollen Harass in
der Küche, kam mit einem leeren zurück und stellte
ihn neben der Karre ab. So ging es weiter, bis beinahe alle Harasse abgeladen waren. Der Mann schien
völlig abgelenkt zu sein, denn er vergaß, die letzten
zwei vollen Harasse vom Anhänger zu nehmen, legte
bereits leere Harasse darauf zurück, bis er die vollen
entdeckte, sich die Haare raufte, nochmals zu Adaja rüber schaute und sichtlich ihr die Schuld zuwies.
Dann nahm er die leeren Harasse wieder runter und
brachte die beiden vollen in die Küche und begann,
den Anhänger erneut zu beladen. Mäxchen näherte sich dem Anhänger, beobachtete, wie der Mann
einen Harass ablud und wieder zum Mädchen rüber
schaute, in diesem Moment sprang Mäxchen leise auf
den Anhänger und legte sich in den mittleren Harass
seitlich nieder. Der Bauer, noch sichtlich abgelenkt,
nahm den nächsten leeren Harass und schwang ihn
längs in den Harass, wo sich Mäxchen befand, rein.
Natürlich gab der Aufprall des Harasses in den anderen hinein nicht denselben Laut ab, da Mäxchen den
Schall dämpfte. Adaja hielt den Atem an, der Mann
kurz innehaltend über den ungewohnten Ton, aber
gleich wieder betört von Adaja, setzte das Aufladen
der leeren Harasse fort. Dann zurrte er die Plache
mit dem dicken Seil um die Harasse fest. Der Mann

setzte sich auf den wippenden Sitz des Traktors, startete den Motor, die Augen von dem Mädchen nicht ablassend, besann sich dann, drehte das Gefährt um und fuhr in Richtung Eingangstor. Adaja knöpfte sich das Oberteil wieder zu, änderte ihren Blick und beobachtete, wie der Traktor mit Anhänger davonfuhr. Der Mann darauf schaute nicht mehr zurück, er wollte wahrscheinlich keinen Unfall riskieren. Am Tor angekommen, hielt er an, ein Soldat mit automatischer Waffe umkreiste den Anhänger, so gut es ging die Plache hebend und darunter schauend. Mäxchen dachte sich, obwohl der auf ihm liegende Harass ihn schmerzte, vor allem, weil die Plache den oberen Harass noch zusätzlich zum Gewicht nach unten drückte, dass dies für ihn vorteilhaft wäre, denn da würde man am wenigsten jemanden vermuten. Er behielt recht, der Traktor setzte seine Fahrt fort, raus aus dem Tor – Mäxchen konnte nichts sehen, er hielt die Augen zu und lauschte nur dem Motorenknarren und dem seltsamen Pfeifen des Fahrers, der diesmal nicht an seiner Pfeife paffte. Die Fahrt war sehr holprig und schmerzhaft, aber das störte Mäxchen nicht im Geringsten – er spürte die Freiheit, dafür würde er durch die Hölle gehen. Nach einer nicht zu langen Weile hielt das Gespann an, der Motor versiegte und Mäxchen verharrte und lauschte, um irgendeinen Anhaltspunkt zu erhaschen. Er hatte keine Ahnung, wo er nun war, er hatte nur Schritte des Weggehens gehört, von weitem Stimmen von zwei oder vielleicht drei Menschen, dann wurde es still. Mäxchen versuchte, seine Stellung etwas zu ändern, damit der obere Harass nicht ständig auf dieselbe Stelle drückte. Er verharrte erneut, änderte dann noch ein paar Mal leicht seine Stellung, viel Spielraum hatte er nicht, so eingepfercht, wie er da lag.

Nach einer langen Zeit hörte er Schritte auf ihn zukommen, jemand stieg auf den Traktor, startete den Motor und fuhr los. Die Fahrt war aber nur ganz kurz, vermutlich in eine Scheune, denn ein leichter Widerhall von einer Holzwand war wahrzunehmen. Als Mäxchen sein Gesicht etwas nach unten wandte, bemerkte er, dass er durch einen Bretterspalt des Anhängers den Boden erkennen konnte, der aber ziemlich im Schatten lag. Dann vernahm er ein Zurren – das Seil wurde gelöst, jetzt wurde es Mäxchen ganz bang – die Plache wurde mit einem Ruck weggezogen, was am auf ihm liegenden Harass nochmals so richtig zog und ihm vermehrten Schmerz zufügte. Dann sah er durch die Spalten eine Person, die zwei Meter von ihm weggestanden haben musste, die gerade den Harass vor ihm wegzog, dann auf den Anhänger stieg, um den Harass aus dem seinen zu ziehen und vom Anhänger runterstieg, um ihn abzulegen. In diesem Moment packte Mäxchen die Chance, in seiner Kiste aufzustehen und von der gegenüberliegenden Seite des Anhängers abzusteigen. Sein Glück war, dass es in der Scheune recht dunkel war und er dadurch unbemerkt absteigen konnte. Mäxchen sah ein anderes Gefährt neben ihm stehen und versteckte sich darunter, um dort solange zu verharren, wie der Mann die restlichen Harasse abräumte. Dann verließ der Mann die Scheune und ging ins gegenüberliegende Haus.

Jetzt war es sicher genug für Mäxchen, um hinauszugehen, um sich umzuschauen. Ein richtiger Bauernhof, Geruch von geschnittenem Gras, von Kuhfladen, echte Landluft, wie er sie von Zuhause kannte. Interessanterweise hatte er im Lager, das nicht weit zu sein schien, nichts davon gerochen. Er vermutete, dass die Fahrt etwa 20 Minuten gedauert haben musste, also nicht so weit weg vom Lager war. Er durfte keine Zeit verlieren, schoss es ihm durch den Kopf, denn, dass er fehlte, würde man spätestens beim Mittagessen bemerken, der Morgenappell war ja vor dem Frühstück schon gewesen. Sein Plan war, dass er im Wald gegenüber dem Lager „wohnen" würde, damit er sehen konnte, was sie taten und er einen Plan für die Rettung seiner Freunde aushecken konnte. Er musste den Feind im Blick behalten, das war ganz wichtig für seine Operation, die er „Operation Ausbruch" nannte, denn natürlich brach er aus, aber die Bedeutung hatte einen weiteren Sinn – weil der Drang nach Freiheit aus ihm ausbrach. Er erinnerte sich an Vati, der einmal von einer „Operation Diplomatie" gesprochen hatte, was auch immer das geheißen hatte, aber ihm völlig geheimnisvoll erschien. Und das passte perfekt zu seiner gegenwärtigen Situation.

Mäxchen schlich von einem Baum zum anderen, um bei jeder Station die Lage zu prüfen, ob ihm nicht irgendjemand folgen oder ihn beobachten würde. Dann sah er die Straße, auf der wahrscheinlich sein Traktor gefahren war, dahinter parallel zur Straße befand sich eine bewaldete Anhöhe, wo er so schnell wie möglich hinkommen musste, um unbemerkt der Straße in Richtung Lager zu folgen. Schleichend, fast robbend, bewegte sich Mäxchen Richtung Straße, lag im Straßengraben, um abzuwarten. Dann nahm er ein Beben wahr, drückte sich so flach wie er konnte gegen den Boden, lugte verhohlen zum Straßentrassee und sah, wie ein Jeep vorbeifuhr. Er wurde nicht bemerkt, blieb aber sicherheitshalber noch eine Weile liegen. Dann erhob er sich, schaute nach links, dann rechts und überquerte mit schnellen Schritten die Straße zum nächstgelegenen Baum und lehnte sich dahinter an, um die Gegend erneut zu erkunden. Das Einzige, was zu hören war, war ein leichter Wind, der ihm ins Ohr säuselte. Mäxchen dachte sich, dass er gar nie Zeit fand, wirklich über sich nachzudenken oder sich zu sammeln, er war immer in Anspannung und Ungewissheit. Jetzt hatte er es selbst in der Hand, er musste all seine Intelligenz und Vorsicht an den Tag legen, so gut er nur konnte, und durfte sich keinen Fehler erlauben. Es ging um Leben und Tod, nicht nur sein Leben und sein Tod, sondern jene von seinen Freunden, die ahnungslos und sich der Wahrheit über jegliche Konsequenzen unbewusst schienen, in diesem Lager weilten. Letztlich konnte man dieses Lager nur tot verlassen und das schien nur ihm, Mäxchen, klar zu sein, und er war nicht mal von diesem Judengeschlecht, was eine gewisse Ironie in sich barg.

Zum geeigneten Zeitpunkt, den Bauernhof und die Straße beobachtend, rannte Mäxchen in Windeseile hinauf in Richtung Wald, verharrte erneut hinter einem Apfelbaum, um die Sicherheit der Gegend zu prüfen und verschwand danach im Gehölz, während er die Straße aber nicht aus der Sicht ließ.

Kapitel 6

Mäxchen, oben im Wald angekommen, begann seine Schritte zu verlangsamen, denn er wurde sich plötzlich bewusst, dass er völlig außer Atem war. Er musste sich auf einem Baumstrunk ausruhen, einmal richtig durchatmen und seine Gedanken sammeln. Sein Wunsch war bis jetzt wahr geworden, nun sollten noch seine Freunde befreit werden, aber wie, dazu hatte er noch keine Idee. Er dachte, dass er zuerst einfach mal das Waldstück über dem Lager erreichen müsste und dann schon einen Weg finden würde. Er machte sich auf, um weit oben im Gehölz der unten parallel verlaufenden Straße zu folgen. Während er seine Hosenbeine betrachtete, fiel ihm auf, dass er diese Kleidung ändern musste, aber auch dafür hatte er noch keine Lösung. Eigentlich war diese Kluft kein Pyjama, sondern ein Totenhemd mit Hose, Pyjama war nur eine sarkastische Verniedlichung. Er lief und lief zwischen Tannen und anderen Hölzern hindurch, zwischendurch sah er einen Jeep mit Militärs oder einen Bauern mit Traktor und Anhänger die Straße entlangfahren und war jedes Mal erleichtert und beruhigt darüber, weil er sie sehen konnte, ohne dass sie ihn sahen. Genauso musste es bleiben, dachte er. Nach einer kleinen Biegung entdeckte er das Lager, wie es dalag mit den armen Menschen, die hoffnungslos dasaßen oder kopfhängend herumschlenderten. Es musste doch bald Mittag sein, jedenfalls zeigte sein Magen dies mit lautem Knurren an. Und wovon sollte er leben? Etwas besorgt dachte er, dass auch dies sich lösen lassen sollte, sobald er angekommen war. Ziemlich direkt oberhalb des Camps angekommen, schaute sich Mäxchen um, um zu sehen, wo er sich niederlassen könnte, ob es Beeren oder Nüsse gab und wie er seine Kleidung verändern könnte. Das Waldstück war recht steil. Da gab es viele alte Bäume, Pilze und Farne. Irgendwo mussten diese Füchse, die er vom Lager aus gesehen hatte, hergekommen sein. Er suchte herum, nach Fuchsbauten und geeigneten Baumstellen, um sich hinzulegen und irgendetwas Brauchbares zu finden. Er kletterte etwas mühsam ein paar Meter nach oben und entdeckte eine Waldlichtung, die ihn magisch anzuziehen schien. Bei ihr angekommen, sah er gerade noch einen Fuchsschwanz im Dickicht gegenüber der Lichtung verschwinden. Er folgte dieser Spur und nur ein paar Meter von der Lichtung ins Gehölz hinein entdeckte er einen großen Bau, der unter einen dicken und majestätischen Laubbaum führte. Mäxchens Fantasie begann zu laufen. Er suchte einen dicken Stecken mit einem flachen Teil, fand eine feste Baumrinde, womit er den Fuchsbau tiefer ausgraben konnte. Er begann zu graben und zu graben und interessanterweise, gegen sein Erwarten, war da kein Fuchs zu sehen oder zu hören. Also grub er weiter und weiter, bis der Bau so tief wurde, dass er sich hineinhocken konnte. Plötzlich hörte er einen Pfiff aus der Ferne, Mäxchen stieg aus dem Loch und kletterte einen kleineren Baum hoch, um zum Camp schauen zu können, doch konnte er noch nichts erkennen. Er musste zum anderen Ende der Lichtung rennen, von da aus sah er, was er vermutet hatte. Das Camp war in Aufruhr, Militärjeeps verließen das Lager, Soldaten rannten bewaffnet umher. Es schien Alarm zu herrschen und mit fast absoluter Sicherheit ging es um ihn, Mäxchen, der es geschafft hatte, unbemerkt zu türmen. Er sah, wie die Jeeps in beide Richtungen der Straße entlang stoben und eine 5er-Mannschaft sich vor dem Tor versammelte, um anscheinend ausschwärmen zu wollen. Eine ansteigende Panik schwoll in Mäxchen auf, seine Gedanken rasten, niemand durfte ihn entdecken, dies würde seinen Tod bedeuten. „Der Fuchsbau musste bereits jetzt schon hinhalten und seinen Dienst tun", dachte sich Mäxchen. Er rannte zurück zum Bau, sammelte viele Zweige und Tannenäste in der Umgebung ein, zog sie alle zur Unterhöhlung hin, ging hinunter und bedeckte sich mit dem Blätterzeug so gut es nur ging. Unten, er hatte es sich gerade bequem gemacht, nahm Mäxchen hinter sich Licht und einen Luftzug wahr. Er schaute nach hinten und sah eine Öffnung, die er vorher gar nicht bemerkt hatte. Von unten am Wald hörte er Stimmen, die ungewöhnlich laut riefen, die besagten, dass es am besten wäre, wenn sie den Waldhang hochgehen würden, der Junge konnte doch nicht so weit gekommen sein. Mäxchen, völlig aufgewühlt, verließ den Bau erneut, um Äste auch für diesen Teil des Baus zu finden, sich dann wieder nach unten zu begeben und die Zweige über sich zu legen. Jetzt war es völlig dunkel. Er hörte die Stimmen näherkommen, eine natürliche Reaktion drückte ihn tiefer in den Bau hinein, sein Rücken presste mehr und mehr gegen die seitliche Wand, die plötzlich nachzugeben schien. Er hörte draußen Schritte näher und näher kommen. Jemand raschelte an den Ästen über ihm, eine Stimme sagte leise: „Vielleicht hat er sich versteckt!", und entfernte ein paar Zweige. Mäxchen spürte, wie Schweißperlen sich auf seiner Stirn bildeten. Er drückte seinen Rücken tiefer nach hinten und zum selben Zeitpunkt, als der Soldat den Zweig wegnahm, der die Sicht nach unten verhinderte, fiel er rücklings in eine weitere Vertiefung, hielt sich die Hand vor den Mund, um keinen Laut von sich zu geben, und erblickte links und rechts von sich junge Füchse, die ihn mit großen Augen ansahen. Der Mann schritt davon und sagte, dass es zu schön gewesen wäre, wenn er gleich auf Anhieb den Jungen gefunden hätte. Als Mäxchen vernahm, dass die Männer weiter weg waren, kroch er sichtlich erleichtert dorthin zurück, wo er herkam, ging hinaus und betrachtete die Stelle und dachte, dass dies ein ideales Versteck war, das er ausbauen musste. Zudem dachte er, dass er mehr solche Bauten finden müsste, wo er seine Freunde unterbringen konnte, bevor sie sich alle zusammen aus dem Staub machen würden.

Und außerdem überlegte er, dass er die Leute, die ihn suchten, im Auge behalten sollte, denn nur so konnte er sich sicher fühlen. Mäxchen schaute sich um, nach oben, um einen besseren Baum zum Hochklettern zu finden. Da war ein Laubbaum, der schien sehr stark zu sein und die Äste hingen fast bis zum Boden. Er versuchte, den Baum hochzukommen, was mit etwas Mühe ihm auch gelang, kletterte höher, bis er einen waagerechten Ast fand, um darauf bequem zu stehen. Nach unten konnte er nur noch Bruchstücke sehen, was für ihn bedeutete, dass man auch ihn nicht gut entdecken konnte, wenn man unten am Baum stehen würde. Oben herumschauend entdeckte er die Soldaten, zumindest konnte er sich bewegende Äste sehen. Sie entfernten sich weiter von ihm und sprachen ziemlich laut. Mäxchen erwartete sie zurück, denn sie mussten ja wieder zurück zum Lager gehen. Nach etwa einer Stunde hörte er die Männerstimmen erneut, dessen Stimmen etwas frustriert tönten. Sie schritten, nein, schlurften eher unter seinem Baum durch. Der eine kam bei seinem Bau vorbei, trat mit einem Bein ein paar Äste weg, hörte dann ein leises Fuchsgejaule, blieb stehen, kniete nieder und schaute nach unten und sah die Fuchswelpen. Dann stand er wieder auf, betrachtete die Äste, kratzte sich am Kopf, als würde er denken, dass Füchse keine solchen Äste hinschleifen würden, um den Bau abzudecken. Dann schaute er sich um und nach oben. Mäxchen konnte sich gerade noch hinter dem Baumstamm verstecken, um sicher nicht gesehen zu werden. Dann verließ der

Mann die Stelle, gesellte sich zu den anderen und sie stiegen hinab zurück zum Camp. Mäxchen kletterte den Baum hinab und überlegte sich, dass er diesen Bau eigentlich als Finte benutzen konnte. Er bedeckte den Bau wieder mit den Zweigen und dachte sich, dass er ihn nie mehr benutzen würde, auch der lieben Fuchsjungen willen.

Als Nächstes, dachte er, müsse er …, aber dann überkam ihn der Hunger, den er völlig vergessen hatte. Während er nach Nahrung suchte, wollte er auf keinen Fall das Lager aus den Augen verlieren. Er begab sich auf die andere Seite der Lichtung, weiter unten, spähte durch die Bäume und Äste auf das Camp, so gut es ging, sah, wie Jeeps zurück und durch das Tor einfuhren. Was immer die noch alles vorhatten, er musste auf alles gefasst sein. Am Rande der Lichtung entdeckte er etwas Rötliches, riss am Stiel, bis es zerriss, nahm es in den Mund. Es schmeckte säuerlich, aber nicht unappetitlich. Dann kaute er daran und aß noch mehr davon, bis er keine Lust mehr darauf hatte. Als Nächstes schlich sich ein nach Zwiebeln riechender Duft in Mäxchens Nase. Was war das? Dann sah er grüne, längliche Blätter nieder am Boden wachsen, riss ein Blatt weg und roch zuerst daran, dann biss er ein kleines Stück ab. Zu seinem Erstaunen schmeckte es ihm, es war wie Salat oder Gemüse, das ihm früher nie gut bekommen war, dachte er, aber jetzt hatte er eine Art anderen Hunger. Das Lager nicht aus den Augen lassend, aß er weiter und weiter. „Zum Glück hat der Wald was zu bieten, ansonsten hätte ich beim Bauern einbrechen müssen", dachte er sich, aber vielleicht würde er dann schon mal auf etwas anderes Lust bekommen, wie Brot, Käse und Wurst, dann würde er den Bauern wieder in Betracht ziehen müssen. Während des Abreißens von weiteren Bärlauchblättern sah er plötzlich einen weiteren unterhöhlten Baum, mit dem Unterschied, dass dieser völlig mit Gestrüpp überwuchert war, also nicht bewohnt sein konnte. Nicht zu viel Überwucherung wegnehmend kroch Mäxchen in die Höhle, die ziemlich geräumig schien. Die Tarnung mit der Überwucherung war perfekt. Mäxchen grub mit einer ähnlichen Rinde wie vorhin die Höhle tiefer. Mit verschiedenen Ästen, Hölzern und Moosstücken zimmerte er sich eine Liegestelle tief unter dem Baum. Er prüfte, ob er da gut atmen konnte – ja, es funktionierte.

Mäxchen hatte noch einen weiteren Baum gefunden, den er leichter besteigen und wo er von oben aus das Lager gut überschauen konnte. Da unten schien es ruhiger geworden zu sein. Langsam schlich der Abend mit untergehender Sonne ins Land, es wurde kühler und Mäxchen dachte sich, dass die da unten wohl heute nicht mehr ausschwärmen würden. Er legte sich unter dem Baum nieder, dachte sich Lösungen für die Befreiung seiner Freunde aus und fiel in einen tiefen Schlaf ohne Träume. Als er aufwachte, schien die Sonne durch die über ihm liegenden Äste und Blätter. Mäxchen war erstaunt, dass er nicht fror. Nun musste er aufstehen und sich an die

Arbeit machen, schließlich wollte er nicht ewig hier in diesem Wald verweilen. Also musste er sich die exakte Reihenfolge seines Vorgehens ausdenken. Einerseits musste er Kontakt mit seinen Freunden aufnehmen, damit sie wussten, dass er nicht abgehauen war. Andererseits musste er einen Plan haben, wie er sie rausholen konnte und sie brauchten eine „Unterkunft", sprich jeder seinen Bau, bis alle draußen waren und sie sich dann verdrücken konnten. Da waren Adaja, Elias und David. Wie konnte er sich bemerkbar machen, ohne dass man ihn gleich ausfindig machen würde? Feuer und Rauch, das dürfte es tun. Aber nicht von hier aus – es musste entfernt sein, aber nicht zwischen hier und dem Bauern, denn diese Strecke wollte er sich für spätere Operationen, Besuche und für das Verschwinden freihalten. Und wie machte er sich ein Feuer? Er schien nicht umhin zu kommen, als dem Bauern einen erneuten Besuch abzustatten. An diesem Tag wurde es gegen Mittag bewölkt, was ideal war für Mäxchen, in Richtung Bauern zu laufen.

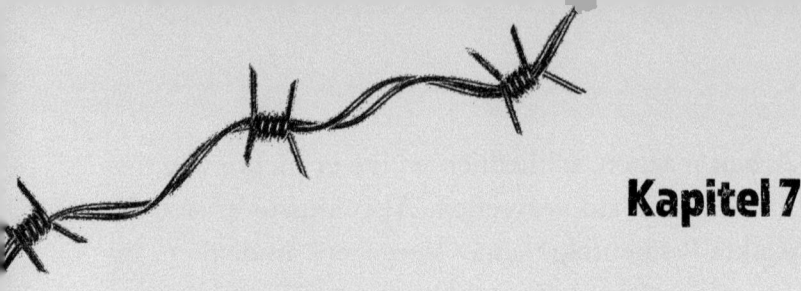

Kapitel 7

Diesmal machte Mäxchen einen Test, um zu sehen, wie schnell er zum Bauern gelangen konnte und gleichzeitig die Straße im Blickfeld behalten zu können. Er schoss, fast zu vergleichen mit einem Hasen, der im Zick-Zack durch den Wald, zwischendurch innehielt, sich umsah, sich konzentrierte, lauschte und rasch, weiter vorsichtig, lief. Dann kam er oberhalb des Bauernhofes an, setzte sich nieder, um den Hof und alles Umliegende genau beobachten zu können. Jede Bewegung, die er wahrnahm, wollte er einer Ursache, die für ihn logisch war, zuschreiben können. Da war ein Wasserrad in einem Bach – er musste erkennen, warum sich das Rad drehte, um sich damit zufrieden zu geben. Er sah weiter oben im Bachverlauf spritzendes Wasser, das machte Sinn, somit konnte er seine Aufmerksamkeit davon wegnehmen. Eine Kerze brannte hinter einem geschlossenen Fenster, die Flamme war ganz ruhig, das dürfte darauf hinweisen, dass niemand zu Hause war, zumindest nicht in diesem Raum. In der offenstehenden Scheune stand der Flucht-Traktor, aber der andere fehlte. Anscheinend war der Bauer weg, vielleicht musste er fliehen, weil er es zugelassen hatte, dass jemand flüchten konnte. Aber das war bloß eine Vermutung. Mäxchen sah

Hühner herumjagen, warum? Ah, da war dieser verrückte Hahn, der scheuchte alle auf. So wie Mäxchen dasaß, spürte er plötzlich, wie sein Geist den ganzen Hof einnahm, er nahm wahr, wie der Hof funktionierte, wo es Eier geben musste, wo Würste hängen mussten, wo die Küche war und dass er dort auch Streichhölzer finden würde. Er wusste, woher er nun alles bekommen würde was er brauchte. Die Straße links und rechts beobachtend bewegte Mäxchen sich geduckt zum Bauernhof. An der Straße angekommen, legte er sich an der Böschung nieder, um der Situation sich nochmals gewahr zu werden. Dann, schnell wie ein Wiesel, rannte er über das Straßentrassee zur Scheune, versteckte sich hinter dem offenen Scheunentor und lugte langsam und vorsichtig hervor, um das Bauernhaus zu sehen. Mäxchen schlich zum Haus, sah die offene Tür, ging rein, hörte Schritte im oberen Stockwerk und ging zur Küche, die gleich links um die Ecke sich befand. Dort angekommen, erblickte er eine Schachtel Streichhölzer beim Kamin liegen. Daneben befand sich eine Kammer, die er öffnete, während er lauschte, ob er noch Schritte hörte. Die waren aber verstummt, hoffentlich blieb er unentdeckt, dachte er sich. In der Kammer hingen verschiedene Würste und Schinken. Mäxchen nahm ein paar Würste ab, dazu musste er auf einen Schemel steigen. Leise schlich er aus der Kammer und erblickte einen großen Brotkorb, wo er so viel er konnte, rausnahm. Käse konnte er keinen entdecken, also verließ er das Haus wieder, vorsichtig über die Straße huschend. Hinter der Straße liegend und zurück zum Haus schauend, erkannte er einen Mann hinter dem Fenster im ersten Stockwerk. Er schien ihn anzusehen und sogar die Hand zum Gruß zu heben. Wurde er entdeckt? Es lief Mäxchen eiskalt den Rücken runter. Er wartete, bis die Person hinter dem Fenster verschwand, dann rannte er geduckt hoch zum Wald. Sollte die Person ihn entdeckt haben, schien sie doch freundlich und ihm gut gesinnt zu sein.

Im Wald angekommen, saß Mäxchen nieder in den Schneidersitz und genoss in vollen Zügen eine ganze würzige Rauchwurst mit köstlichem Bauernbrot. Er dachte, dass der Bärlauch im Wald gut dazu passen würde. In der Zwischenzeit kam der Bauer von der zum Lager entgegengesetzten Richtung zurück und stellte den Traktor in die Scheune. Wer war dieser Mann im Fenster? Vielleicht sollte sich dieses Geheimnis einmal lüften.

Dann begab Mäxchen sich zurück zu seinem Platz, um den nächsten Schritt auf seinem Plan zu unternehmen, nämlich das Rauchzeichen für seine Freunde zu entfachen. Er lief mit den Streichhölzern durch den Wald, in die andere Richtung, um durch die Bäume und Büsche aber dennoch das Lager, so gut es ging, im Blickfeld zu behalten, bis zu einer kleinen Lichtung, die er nach rund einem Kilometer fand, perfekt für ein kleines Feuer. Er sammelte Kleinholz und trocknete es so gut, wie er konnte, an seinen Kleidern, schichtete sie aufeinander, obenauf das feuchtere Holzzeug, denn es durfte erst rauchen, wenn er weg war. Er zündete das Kleinzeug an, bis es ein bisschen brannte, verließ den Ort, indem er sich mehr nach oben begab, beobachtete das Feuer minutiös. Es erlosch. Mäxchen ging zurück und schob mehr getrocknetes Kleinzeug unter das Feuer, entzündete es erneut, ging weg und sah, wie ein offenes Feuer entbrannte, was dicke Rauchschwaden verursachte. Mäxchen ging, so rasch, wie er konnte, zurück an seinen Platz. Dort bestieg er den Baum mit dem guten Ausblick und nahm im Lager einen gewissen Aufruhr wahr. Menschen zeigten nach oben zum Rauch. Mäxchen hoffte, dass seine Freunde sein Zeichen erkennen würden. Dann erkannte er, dass wieder bewaffnete Leute ausschwärmten und nach oben in seine Richtung kamen. Er musste sich nun erneut verdrücken, in seinen „gemütlichen" Bau. Die Männer streiften seinen Platz etwa zehn Meter entfernt, tuschelten miteinander, klopften mit dem Gewehrkolben an Bäume und hoben mit Stecken Büsche und Wucherungen hoch. Sie gingen weiter, dann kamen sie wieder frustriert zurück. Einer von ihnen sagte, dass doch irgendjemand das Feuer gelegt haben musste und dies bestimmt mit dem Jungen was zu tun hatte und er sie nur verarschen würde, es gäbe ja sonst niemanden hier oben.

Erleichtert kam Mäxchen wieder hoch aus seinem Bau, stieg erneut auf den Baum, um zu beobachten, was sie da unten taten. Die Männer kamen vollzählig wieder am Tor an. Sie diskutierten mit der Wache und mit einem höheren Offizier. Sie schienen einen Plan auszuhecken – jetzt war noch viel mehr Vorsicht geboten. Hoffentlich hatte es sich gelohnt, dass seine Freunde sein Zeichen erkannt hatten. Am nächsten Tag dachte sich Mäxchen aus, dass er noch viel weiter weg ein Feuer legen sollte, um den Leuten zu zeigen, dass er sich wegbewegte. Gedacht, getan. Ein Feuer mit viel Rauch etwa fünf Kilometer weiter entfernt. Mäxchen beobachtete, wie wieder Soldaten ausschwärmten, diesmal nicht in seine Richtung, sondern mehr nach rechts weg. Einige Zeit später kamen sie wieder zurück und diskutierten mit Offizieren und Wachen und zeigten mit ihren Fingern zum Wald hoch, aber sie schienen irgendwie ratlos zu sein. Mäxchen sah ein paar seiner Freunde, da waren Adaja und David, die beide zum Wald hochschauten, dann mit dem Finger zum Rauch zeigten, dann schauten sie an andere Stellen, als ob sie jemanden suchen würden. Das war das Zeichen für Mäxchen, dass sie verstanden hatten. Nun ging es zur nächsten Stufe der Operation. Er musste zuerst einbrechen, bevor sie ausbrechen konnten. Was für eine irrige Idee. Als erstes musste er herausfinden, welche die beste Stelle war, die gut zum Untergraben des Zauns war und welche nachts am wenigsten von den Scheinwerfern beleuchtet wurde. Er konnte sich dem Zaun nur nachts nähern – alles musste in der Nacht ablaufen. Kommende Nacht nahm Mäxchen sich vor, zum Zaun zu schleichen, um Recherchen zu tätigen.

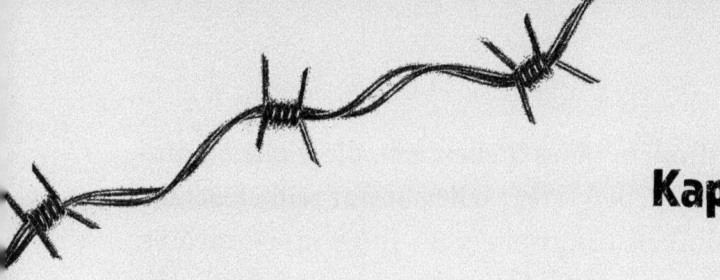

Kapitel 8

Es dämmerte. Mäxchen stärkte sich mit Brot und Wurst, garniert mit Bärlauch. Für den Durst hatte er ein Bächlein gefunden, das ihm gutes, frisches Quellwasser lieferte. Er hatte sich verbrannte Kohle vom ersten Feuer geholt, um seine Kleidung einzuschwärzen, sodass kein einziger blauweißer Streifen mehr zu erkennen war – seine „Uniform" hatte er nun abgelegt. Selbst sein Gesicht und die Handrücken bekamen Schwärze ab. Er sollte nun gut getarnt sein.

Kaum wurde es dunkel – es sollte eine klare Nacht mit vielen Sternen werden – machte Mäxchen sich auf und versuchte, so geräuschlos wie nur möglich sich hinab zur Straße zu bewegen. Am Rande des Waldes angekommen, setzte er sich ins Gehölz und beobachtete das Lager und die Szene, wie beim Bauernhof, um sich ein Bild zu machen. Jede Bewegung wurde registriert und herausgefunden, was die Ursache davon war, selbst für keine Bewegung suchte er die Ursache, gleichzeitig zählte er den Rhythmus der beiden Suchscheinwerfer, die in gleichbleibendem Takt rundum das Lager ausleuchteten. Es vergingen genau 14 Sekunden zwischen dem Beleuchten des einen und des anderen Suchlichtes und dieselbe Stelle wurde genau zwei Sekunden beleuchtet. Jetzt musste er herausfinden, ob es Stellen gab, die vielleicht unbeleuchtet blieben oder vielleicht nur teilbeleuchtet. Auf der linken Längsseite vom Eingang betrachtet, auf der er sich befand, gab es keine einzige Stelle, die nicht voll beleuchtet blieb, denn die Scheinwerfer waren auf dem Turm am Eingang und auf dieser Seite. Dies könnte für ihn vorteilhaft sein, dass zum Beispiel an der oberen Breitseite solche Stellen zu entdecken waren. Mäxchen schlich im Waldinneren, aber blieb am Rande, solange, bis er die untere Ecke des Lagers erreicht hatte. Dann setzte er sich erneut nieder und beobachtete ganz ruhig die Umgebung. Ein Jeep kam von links gefahren und bog danach in die Einfahrt ein. Es schien nicht, dass mehr Wachen aufgeboten oder mehr Sicherheitsvorkehrungen vorgenommen wurden, alles wirkte wie bisher. Die beiden Scheinwerfer waren gerade um die Ecke vor ihm abgebogen, der geeignete Zeitpunkt, um die Straße rasch zu überqueren. Auf der anderen Seite angekommen, setzte er sich hinter ein Gebüsch. Er konnte das Lager gut überwachen und abtauchen, wenn die Scheinwerfer kamen. Nun beobachtete er, wie sich diese Seite verhielt. Tatsächlich, da gab es eine Baracke, dessen Breitseite das Licht zum Zaun unterbrach. Die Stelle war vielleicht etwa zwei Meter breit. Dann beobachtete Mäxchen, wie ein Mann den Zaun entlanglief, mit einem Gewehr im Anschlag. Jetzt musste er abzählen, wie lange die Wache brauchte, um vollständig um das Lager herum zu laufen. Er zählte bis 400, so lange brauchte der Mann für eine Runde. Wenn

Mäxchen sich nicht mehr ums Licht kümmern musste, konnte er sich nur auf den Wachmann konzent-
rieren und jeweils bis 400 zählen oder etwas weniger. Der Mann war an der hinteren Längsseite des
Zauns angekommen, Mäxchen fand die Suchstrahlen,
die gerade vorbeigezogen waren, der richtige Zeitpunkt, um zum unbeleuchteten Teil zu gehen. Da
angekommen, sah er, dass die Baracke nur etwa vier
Meter vom Zaun entfernt war. Dann untersuchte er
den Boden beim Zaun, war er hart, nein, nicht so
hart. Der elektrische Stacheldraht ging hinunter bis
circa zehn Zentimeter über dem Boden. Da konnte er relativ leicht die Erde wegschaufeln und unten
durchkriechen. Einen Vorteil sah Mäxchen für sich:
Vermutlich würde niemand vermuten, dass jemand
in ein Gefangenenlager einbrechen würde, das war
zu absurd, um nur *einen* Gedanken daran zu verlieren. Mäxchen hatte genug gesehen, er wusste nun,
wie er vorgehen musste. Er brauchte als Nächstes eine
gute Schaufel, dafür musste wohl der Bauer wieder
herhalten.

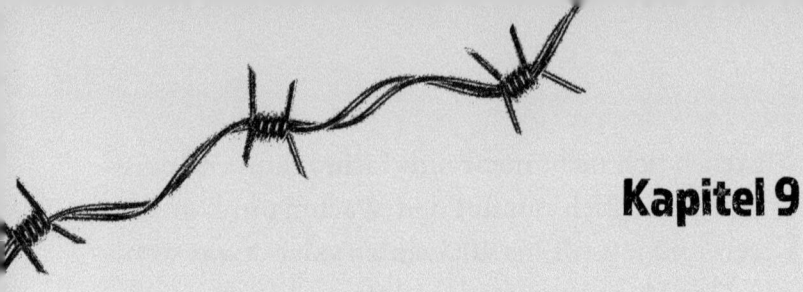

Kapitel 9

Am nächsten Tag besorgte Mäxchen sich vom Bauernhof eine solide Schaufel, eine Papiertüte und nochmals Brot, Wurst und diesmal auch Käse, der so dominant auf dem Küchentisch stand und er ihm nicht widerstehen konnte. Der Mann hinter dem Fenster im ersten Stockwerk erschien wieder und schien ihm abermals zu winken, nachdem er auf der anderen Seite der Straße angekommen war und an der Böschung zurückblickte. „Seltsam", dachte Mäxchen, aber blieb nicht daran hängen, da er eine wichtige Mission zu erfüllen hatte. An seinem Platze angekommen, verstaute er alles in seinem Bau, holte frisches Wasser mit einer leeren, grünen Flasche, die er beim Bauern gefunden hatte.

Mäxchen überlegte sich, wie gut er schaufeln konnte, denn er musste schnell sein und durfte keine Zeit verschwenden, da sein Leben davon abhing. Er ging an eine Stelle im Wald, wo die Erde gut sichtbar war, und begann die Schaufel einzustechen. Seine Schuhe waren ziemlich zerfranst und nicht stark genug, um fest auf die Schaufel drücken zu können, ohne dass es ihm wehtat. Er musste sie verstärken, aber wie? Am besten geeignet wären Eisen, die er unter die Schuhe schnallen konnte. Der Bauer dürfte so was haben. Er machte sich auf, um nochmals zum Bauern zu gehen, fand tatsächlich eine Art Paar Steigeisen in der Scheune, die er sich mit Lederbändchen um die Füße schnallen konnte. Dann fing er an, im Wald das Schaufeln zu üben, bis er den Dreh raushatte und schnell genug wurde, sogar den härtesten Boden aufzustechen.

Die nächste Nacht ging er vorsichtig und schleichend zur bezeichneten Stelle am Zaun, zählte den wandernden Wachmann ab, 400 Zähler, bis er eine Runde gedreht hatte. Er fing an zu graben und zu graben, blieb unablässig dran, gleichzeitig zu zählen, dann war er bei 320 angekommen, schaufelte so gut es ging zu und verschwand zusammen mit der Schaufel blitzschnell hinter einem Gebüsch und setzte seine Arbeit, sobald der Mann vorbeigegangen war, fort und grub in diesem Rhythmus runter bis etwa 30 Zentimeter Tiefe. „Dies sollte genügen, um durchzuschlüpfen", dachte er. Schnell schüttete er den Graben wieder zu, versteckte sich hinter dem Gebüsch, bis die Wache wieder vorbeigegangen war, lief dann über die Straße und zurück an seinen Platz oben im Wald.

Der nächste Schritt wurde noch schwieriger und gefährlicher. Er musste ihn sich sehr genau durchdenken. Das Ziel war, dass er einen seiner Freunde treffen würde und ihn über den Ausbruchsplan informieren konnte, natürlich ohne dass jemand es bemerken würde und er wieder in Gefangenschaft kam. Das konnte er sich schlicht und einfach nicht leisten, denn das würde seinen sicheren Tod bedeuten.

Er zeichnete sich am nächsten Tag eine Karte des Lagers in die Erde.

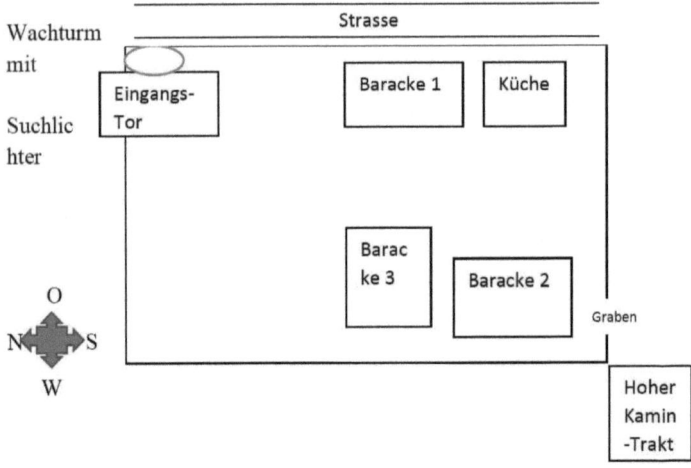

Seine Freunde „wohnten" in Baracke 1 und 3. Adaja war seine erste Wahl zu treffen, vor allem, weil sie ihm erstens zur Flucht verholfen hatte und zweitens dürfte sie etwas fortgeschrittener sein, was das Bewusstsein über die Gefahren und Risiken anbelangte. Sie wohnte in Baracke 3, was bedeutete, dass er von der Untergrabung längsseits der Baracke 2 gehen musste, dann zu Baracke 3 nach Westen und Norden, um nicht zu auffällig zu werden, so sollte er zum Eingang kommen. Dann musste er unbemerkt in die Baracke kommen, also war es wichtig, dass er beide Suchlichter und die Zaunwache im Auge behielt, um ihnen nicht ins Netz zu gehen. Aber irgendwie schien ihm das doch zu kompliziert und gefährlich zu sein. Vielleicht musste er sich lösen von dieser Art von Plan und einfach etwas anderes in Betracht ziehen. Mäxchen überlegte sich, wie man sonst noch in dieses Lager kommen könnte. Er könnte doch beim Bauern nochmals auf den Anhänger steigen und unbemerkt reinkommen, aber auch das schien ihm doch etwas komplex, weil der Bauer ihn, nebst den anderen, entdecken und verraten könnte. Aber wie wäre es, wenn der Bauer eingeweiht und sozusagen sein Freund sein würde? Dann könnte er ihn rein- und wieder rausschmuggeln. Der erste Teil wäre dann, dass er den Bauern kennenlernen und rausfinden musste, ob er ein Nazi war oder sonst ein Freund dieses Lagers, denn dann würde er ihn sicher nicht reinschmuggeln, sondern ihn verpfeifen oder ihn als „Freund" reinbringen und dann an die anderen verraten. Mäxchen malte sich aus, dass er zuerst den Bauern von der Ferne kennenlernen musste, um einen Einstieg in die Einschätzung machen zu können. Er machte sich auf, um auf dem üblichen, nun bekannten Weg, zum Bauernhof zu laufen. Zuerst blieb er oben am Waldrand sitzen und beobachtete den ganzen Hof, plus auch den ersten Stock, wo dieser Mann war, der ihm zugewinkt hatte. Er beobachtete, wie der Bauer den Traktor in die Scheune fuhr, rüber zum Wohnhaus ging, dann mit einem fröhlichen Hund wieder rauskam. Der Hund war ein junger Deutscher Schäfer, der ständig den Stock holte, welcher der Bauer für ihn wegwarf. Wenn der Hund den Stock zurückbrachte, streichelte der Bauer ihn liebevoll und gab ihm zwischendurch was zu beißen. Dies war ein gutes Zeichen. Mäxchen stellte sich vor, dass ein Nazi ziemlich sicher den Hund schlagen, mit ihm ungewöhnlich streng sein würde und weder mit ihm spielen noch ihn streicheln würde. Eine Frau schien es auf diesem Hof nicht zu geben. Mäxchen trug seine Kleider noch immer ganz in schwarz, aber im Gesicht und an den Händen war er wieder sauber, er konnte sich an einer Quelle gründlich waschen. Mäxchen sagte sich, dass der Moment gekommen war, stand auf und fing an zu laufen. Der Bauer war mit seinem Hund einiges weiter weg vom Haus gegangen. Oben am Waldrand geblieben, lief Mäxchen ihnen nach, um am geeigneten Moment nach unten zu laufen und sich den beiden zu nähern. Der Bauer zuckte etwas zusammen und drehte sich um, als er den Knaben wahrnahm. Der Schäfer lief Mäxchen trottend entgegen und leckte ihm gleich die ihm nähere Hand. Der Bauer schaute mit offenem Mund auf den Buben, betrachtete ihn von Kopf bis Fuß und fragte, wie er hieß. „Mäxchen", sagte ihm Mäxchen.

Der Bauer fragte dann: „Bist du der Junge, der vom Lager ausgerückt ist?"

Mäxchen nickte.

„Wie hast du das geschafft?"

Mäxchen sagte: „Mit Ihrer Hilfe."

„Nein", sagte der Bauer, „auf meinem Anhänger?"

Mäxchen errötete etwas und hob die Schultern. Der Bauer konnte sich ein Schmunzeln nicht verkneifen. Er fragte Mäxchen, ob er Hunger hatte, was rein rhetorisch war, denn er sah ihm den Hunger förmlich an. Er bat ihn, mit ihm ins Bauernhaus zu kommen. Als sie hineingingen, traf er einen großen Jungen, der mit ihnen zusammen in die Küche ging. Der Junge lächelte Mäxchen verschmitzt zu. Er dachte, dass dies der Mann vom Fenster sein musste. Mäxchen nickte ihm zu. Der Bauer klärte Mäxchen kurz über seinen Sohn auf, dass er ein lieber Kerl, aber nicht aus der Jugend rausgewachsen sei. „Wahrscheinlich", sagte der Bauer, „wollte er nicht erwachsen werden, denn sonst hätte er in die Wehrmacht gehen müssen." Der Bauer ließ Mäxchen an den Tisch sitzen und servierte ihm eine deftige Suppe mit Speck, Bohnen und Gerste. Er bekam noch zwei Mal Nachschlag, bis er vollkommen satt war und keinen Bissen mehr hinunterbrachte. Der Bauer erzählte Mäxchen, dass er von seiner Flucht erfahren hatte, weil man ihn ins Kreuzverhör genommen hatte, man ihn aber wieder laufen ließ, weil er ja nichts wusste und dies anscheinend als Wahrheit rüberkam. Aber sie hätten seinen Anhänger dann gründlicher untersucht, jedes Mal, wenn er das Lager verlassen hatte.

Mäxchen wurde so müde, dass er am Tisch einnickte, sodass der Bauer ihn in die Stube trug und auf die Ofenbank legte.

Die Sonne schien grell ins Zimmer. Mäxchen erwachte und erkannte die Stube wieder und bemerkte, dass ein neuer Tag erwacht sein musste. Der Bauer kam herein und lud ihn in die Küche ein, um ein gutes Frühstück mit Brot, Butter, Speck, Ei und heißer Milch zu servieren. Dann, als sie mit dem Essen fertig waren, musste der Bauer noch eine Frage loswerden, die ihn von Anfang an beschäftigte. Er fragte den Jungen, warum er denn in der Gegend geblieben sei und nicht weit weg gegangen sei. Aber bevor Mäxchen eine Antwort darauf geben wollte, musste er ein paar Dinge wissen. Er fragte prüfend entgegen: „Sind Sie ein Freund des Lagers oder gar ein Nazi?", und prüfte die Reaktion des Bauern. Der Bauer, sichtlich vor den Kopf gestoßen, erwiderte, was ihm denn in den Sinn gekommen sei, sich dann aber wieder beruhigte, denn er hatte verstanden, was der Junge durchgemacht haben musste und sein Vertrauen in die Menschen wahrscheinlich verloren hatte. Der Bauer erklärte ihm, dass er der einzige Bauer weit und breit war. Er musste wöchentlich ein Teil erstklassiges, für die Mannschaft, und den großen Teil zweitklassiges Gemüse, für die Insassen, gegen schlechte Bezahlung liefern. Das war sein Opfer für den Führer und das neue Deutschland, wie sie ihm sagten, und ihm keine Wahl ließen. Der Mann hatte Tränen in den Augen, die Mäxchen verrieten, wie er sich darüber gedemütigt und entwürdigt gefühlt haben musste. Dann erzählte er, wie er seine Frau verloren hatte. Sie hatte Gemüse ins Lager geliefert, hatte sich für einen Insassen eingesetzt, der von Soldaten geschlagen wurde, wie ihm später ein Insasse berichtete. Sie wurde niedergeschlagen und starb im Lager an den Folgen. Danach hätte *er* immer das Gemüse liefern müssen, musste sich jedes

Mal zusammenreißen, wenn er eine Ungerechtigkeit beobachten musste. Dann wiederholte er seine Frage: „Warum bist du hier in der Region geblieben und nicht weit weg abgehauen?" Jetzt konnte Mäxchen nicht mehr anders, er musste die Katze aus dem Sack lassen. „Da sind noch Freunde von mir im Lager, die darf ich nicht im Stich lassen. Obwohl sie wahrscheinlich nicht damit rechnen, muss ich alles tun, um sie zu befreien." Der Bauer musste sich setzen. Den Kopf in den Händen haltend, begann er zu schluchzen und sagte: „Ich bin bereit, dir zu helfen, was immer du brauchst." Mäxchen, sichtlich erleichtert, konnte seine Tränen auch nicht mehr zurückhalten und weinte all seine schlechten Erlebnisse aus der Tiefe seines Herzen hinaus. Er hatte sich an die Seite des Bauern gelehnt, der den Arm um ihn legte und seine Hand über sein Haar strich und sagte: „Was bist du doch für ein außergewöhnlicher, guter Junge."

Dann setzten sich die beiden hin und besprachen Mäxchens Plan. Endlich sah der Bauer, dass er etwas gegen diesen Schlamassel unternehmen konnte, denn er fühlte sich schon ganz krank über diese Machtlosigkeit. Je mehr Mäxchen von seinem Plan erzählte, desto stärker kristallisierte sich eine noch viel praktischere Lösung heraus.

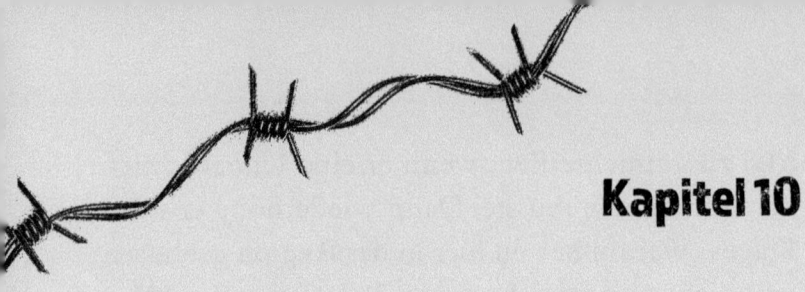

Kapitel 10

Der kommende Montag war in vier Tagen. Bis dann musste er sich etwas ausgedacht haben, was er auf einen Zettel schreiben und seinem Bauernfreund mitgeben sollte. Es musste etwas sein, das nur Adaja verstehen würde und sonst niemand, für den Fall, dass der Zettel in falsche Hände geraten sollte. Der Bauer kleidete Mäxchen mit Kinder-Arbeitskleidung von seinem nun erwachsenen Sohn ein, welche er im Estrich in einer Kiste gefunden hatte. Um den Bauern nicht in Verlegenheit und in Gefahr zu bringen, entschieden sie, dass Mäxchen weiterhin im Wald „wohnen" sollte, bis die Mission erfüllt war. Mit genügend Proviant verließ Mäxchen, mit derselben Vorsicht wie zuvor, den Hof in der Abenddämmerung und übernachtete in seinem einigermaßen bequemen Bau. Am nächsten Morgen kletterte er als erstes auf den Baum, um das Lager zu überschauen. Es war Freitag, die Wache löste sich ab, Soldaten wurden ein- und ausgefahren, der Kaminschlot hauchte verabscheuenswürdigen, schwarzen Rauch aus, welcher schien, als wäre er selbst angeekelt. Mäxchen schauderte es, er musste sich wieder fassen, dabei umklammerte er den Baum viel fester als zuvor. Dann sah er Adaja. Sie stand bei der Baracke 3, schaute auf den Rauch, dann langsam den Kopf drehend, in seine Richtung. Es schien ihr nicht gut zu gehen, wie auch? Aber diesmal schien sie wirklich schlecht zumute zu sein, denn eine gewisse Verzweiflung machte sich in ihrem Gesicht breit. Mäxchen dachte sich, dass er sie jetzt sofort rausholen musste. Genug dem Leid, das diese Menschen ertragen mussten. Man hielt sie schlimmer als Tiere, er wusste genau, wie sich das anfühlte. Mäxchen hatte genug gesehen, stieg runter vom Baum und hatte plötzlich die Eingebung, was er auf den Zettel schreiben würde. Vom Bauern hatte er einen kleinen Schreibblock und einen Bleistift bekommen. Es musste funktionieren, dass der Bauer Adaja den Zettel geben konnte.

Mäxchen hatte den gefalteten Zettel dem Bauern gebracht. Es war nun so weit, es war Montagmorgen. Er fuhr, gemäß Plan, mit dem guten und dem schlechteren Gemüse davon. In zwei Harassen führte er je einen Sack voll mit Kartoffeln plus noch ein paar zusätzliche leere Kartoffelsäcke, die in einem leeren Harass lagen. Er kam beim Tor an. Mehrere Wachen liefen um den Anhänger herum, schauten unter die Plache, erkannten einen Kartoffelsack und einer von ihnen schrie in seinem arischen Ton, dass der Bauer den Sack sofort aufmachen sollte. Der Bauer tat, wie ihm geheißen. Der Wachmann schaute in den Sack hinein und sah enttäuscht die Kartoffeln. Sie ließen den Bauern dann ins Camp einfahren. Er schaute sich um, da war weit und breit keine Adaja zu entdecken. Der Bauer verlangsamte sein

Tempo, um Zeit zu schinden. Müßig schleppte er seine Ware in die Küche. Jedes Mal, wenn er einen weiteren Harass vom Anhänger holte, schaute er sich um, um vielleicht Adaja doch noch zu entdecken.

Der letzte Harass war abgeladen und wieder leer zurück auf den Anhänger gestellt. Der Bauer begann, die Plache über sie zu ziehen und sie mit dem Seil zusammen zu zurren. Da kam Adaja um die Ecke und ihre Blicke trafen sich sofort. Der Bauer ließ sie mit einer Kopfbewegung wissen, dass sie in die Nähe kommen sollte, er bückte sich, nahm einen Stein, legte den Zettel darunter und schaute sie nochmals kurz an. Dann bestieg er den Traktor, wendete und fuhr in Richtung Tor. Kurz zurückblickend entdeckte er, wie sie zum Stein lief und sich so unauffällig wie möglich bückte, den Zettel an sich nahm und in die Tasche steckte. Erleichtert fuhr der Bauer zum Tor, wo sein Anhänger abermals gefilzt wurde und er grünes Licht erhielt, nachdem die Wache die leeren Kartoffelsäcke begutachtet hatte. Auf der Straße angekommen, schaute er zu Adaja rüber, die ihm leicht kopfnickend entgegenblickte – sie beide wussten.

Adaja bewegte sich gemächlich, um keinen Verdacht aufkommen zu lassen, zu ihrem Quartier und verschwand darin. Sie setzte sich auf ihr Bett, entfaltete den Zettel und las: „GEM.ÜSE".

Diese Mitteilung sollte ihr für die nächsten Tage und Nächte keine Ruhe mehr lassen. Sie hatte schon erkannt, dass Mäxchen noch in der Nähe sein musste, die Rauchsäulen im Wald oben kamen nicht von ungefähr. Hoffnung fing an, völlig neu in ihr zu entbrennen. Gab es vielleicht doch eine Möglichkeit, diesem Elend, dieser ständigen Lebensbedrohung und dieser Ungewissheit zu entkommen? Sie fühlte sich plötzlich nicht mehr allein – jemand kümmerte sich um sie und der Bauer schien auch ihr Freund zu sein. Sie fühlte, wie es warm wurde um ihr Herz. Das erste Mal seit vielen Monaten. Einen Freudeschrei musste sie sich richtig verkneifen und hielt sich besser die Hand vor den Mund. Sie überlegte, ob sie David und Elias etwas davon sagen sollte, aber sie entschied sich dagegen. Die Zeit würde schon noch kommen. Sie musste jetzt durchhalten, wachsam bleiben und auf jegliches Zeichen achten, das sich ihr offenbaren könnte.

Kapitel 11

Eine Woche später war Adaja bereits da, als der Bauer kam. Sie saß auf der Barackentreppe und tat so, also würde sie mit Steinen spielen, behielt den Bauern aber immer gut im Auge. Der Bauer deutete ihr an, dass sie unter den Anhänger schauen sollte. Indem sie den Stein aus der Hand fallen ließ, konnte sie beim Bücken darunter schauen und einen prallen, braunen Sack auf dem Gestänge liegen sehen. Wiederum ließ der Bauer einen gefalteten Zettel unter einem Stein liegen, den sie zu sich nahm. Eine Wache erblickte sie dabei, etwas in die Seitentasche der gestreiften Jacke zu schieben, kam rüber zu ihr und stellte sie. Er nahm den Zettel aus der Tasche, entfaltete ihn und gab ihn ihr schmunzelnd zurück. „Na ja", sagte er und ging weiter. Adaja war völlig perplex, da sie dachte, dass sie nun überführt worden wäre. Sie schlenderte dann, ohne den Zettel anzuschauen, in ihre Baracke. Dort las sie: „KAROTTE.N". Der Bauer, zurück beim Tor angekommen, wurde gefilzt und eine Wache entdeckte den braunen, prallen Sack unter dem Anhänger liegen. „Aha", sagte er, „was ist denn das?" Er deutete dem Bauern an, den Sack vom Gestänge runterzunehmen, ihn zu öffnen und ihm den Inhalt zu zeigen. Der Bauer tat, was ihm befohlen. Die Wache musste zu seinem Leidwesen Holzscheite entdecken. Der Bauer sagte, dass er damit noch woanders hinfahren musste. Grimmig ließ er ihn den Sack wieder verschnüren und aufladen. Der Bauer packte ihn nun auf den Anhänger, unter die Plache und entschuldigte sich für die Unannehmlichkeiten. So passierte er das Tor und bog nach rechts auf die Straße ab.

Mäxchen, oben im Wald, hatte die Szene beobachtet und hatte gesehen, dass Adaja den Zettel behalten durfte. Er hoffte, dass sie verstand und bereitete einen weiteren Liegeplatz in einem Fuchsbau vor, damit der nächste Befreite ein gutes Versteck hatte. Offensichtlich erwartete er einen neuen Gast.

Kommenden Montag war es so weit – zumindest erhofften sich Mäxchen und der Bauer dies. Diesmal hatte der Bauer den Sack auf dem Gestänge des Anhängers mit Kartoffeln gefüllt. Adaja war wiederum auf der Treppe, aber wo war Elias, das E? Hatte sie vielleicht die Mitteilung nicht richtig verstanden? Dem Bauern standen die Schweißperlen auf der Stirn. Er hatte sich für die Befreiung geistig gut vorbereitet und versucht, alle Eventualitäten zu berücksichtigen. Adaja gab dem Bauern zu verstehen, dass Elias schläft und Fieber hatte und im Bett bleiben musste. „Ausgerechnet jetzt", dachte der Bauer. Er deutete Adaja an, dass er es am nächsten Montag wieder versuchen werde, nahm den Kartoffelsack unten hervor, leerte ihn in der Küche aus und steckte ihn wieder an denselben Ort zurück und zwar in einer Weise, dass er noch immer gefüllt schien. Der Bauer fuhr wieder los und verließ das Lager, natürlich nachdem das übliche Prozedere an ihm ausgeübt worden war und der braune Sack unter dem Anhänger entdeckt und gefilzt wurde. „Schwein gehabt", dachte der Bauer, wischte sich eine Schweißperle von der Stirn und musste kräftig durchatmen.

Später traf Mäxchen beim Bauern ein, um über das Geschehene Bericht zu erhalten. Der Bauer erzählte, wie sie Glück gehabt hatten, dass Elias zum rechten Zeitpunkt krank geworden war und damit ihr beider Leben gerettet wurde. Sie müssten sich aber noch überlegen, wie sie es besser machen könnten.

Am nächsten Montag fuhr der Bauer erneut, beladen mit Gemüse und Kartoffeln, ins Lager. Adaja saß bereits da, mit Steinen spielend und tagträumend, zumindest dem Anschein nach. Diesmal ließ er sie erkennen, dass Elias nicht unter, sondern auf den Anhänger steigen sollte. Darunter lag ein praller, brauner Sack. Elias erschien und setzte sich neben Adaja auf die Treppe und pfiff etwas nervös vor sich hin. Der Bauer brachte Harass um Harass in die Küche. Zum geeigneten Zeitpunkt nickte er Elias zu, der gemächlich und doch bestimmt zum Anhänger ging, um auf den auf dem Boden liegenden Harass zu steigen und von da aus leicht auf den Anhänger zu kommen. Er bewegte sich ganz gebückt, glitt in einen leeren Harass und machte sich so dünn, wie er nur konnte. Als der Bauer fertig war, zurrte er die Plache fest darüber zu, fuhr ab und hielt beim Tor, um gefilzt zu werden. Der Wachmann erblickte den prallen, braunen Sack unterhalb des Anhängers und befahl dem Bauern gleich, ihm diesen zu geben. Zu seiner wiederholten Enttäuschung und etwas wütend entdeckte er Holzstücke und sagte: „Sie haben noch einen anderen Termin?" Der Bauer nickte und wollte auf den Traktor steigen, um die Fahrt wiederaufzunehmen. Der Wachmann aber sagte, dass er wolle, dass der Bauer die ganze Plache entfernte, sozusagen für eine Generalinspektion. Der Bauer entfernte sie ohne Eile, in der Hoffnung, dass die Aktion unterbrochen werden würde, aber nichts dergleichen passierte. Als er die Plache ganz weghatte, sah er Elias durch die Schlitze der davorliegenden Kisten in einem der mittleren Harasse nicht kauern, sondern mit angezogenen Knien seitwärts an der Harassenwand entlang liegen. Er spürte förmlich, in welcher Panik sich Elias befinden musste. Der Wachmann stand plötzlich wie angewurzelt da und schaute über die Schulter des Bauern hinweg. Der Bauer drehte sich um und sah etwas, das diesem Lager ziemlich fremd sein musste. Da war Adaja, sie war oben ohne und tanzte und sang das berühmte Lied „Lili Marleen". Der Wachmann beim Bauern wurde von einem Offizier angewiesen, das sofort zu stoppen.

Während der Mann zu Adaja eilte, nahm der Bauer die Plache und umhüllte und verzurrte die Kisten erneut, stieg auf den Traktor und fuhr los. Der Wachmann, der alle Hände voll zu tun hatte, sah den Bauern abfahren und rief ihm nach: „Das nächste

Mal wirst du nicht mehr so viel Glück haben!" Der in Schweiß gebadete Bauer verschwand und drückte das Gaspedal tief runter.

Mäxchen raste zum Bauernhof, um Elias zu begrüßen. Als er ihn sah, erschrak er, denn Elias war kaum wiederzuerkennen. Er war brandmager und viel mehr eingefallen im Gesicht, im Gegensatz dazu, als er ihn das letzte Mal gesehen hatte. Zuerst einmal bekam er eine deftige Gerstensuppe, dann ließ man ihn ein Nickerchen machen, denn in etwa einer Stunde musste er mit Mäxchen in den Wald gehen, wo er ihm seine Liegestelle zeigen und sie von ihm bezogen werden würde. Es tat Mäxchen weh, denn er hätte ihn am liebsten im Bauernhof gelassen, in einem warmen Bett, wo er sich hätte auskurieren können. Aber das durfte er nicht zulassen, denn der Bauer war bestimmt einer der Ersten, die besucht würden, wenn die Abwesenheit entdeckt würde.

Kurze Zeit später verließen die beiden den Bauernhof. Vorsichtig überquerten sie die Straße, hielten inne, auf der einen, wie auch auf der gegenüberliegenden Böschung, um die Lage zu prüfen, um sich dann wieder sicher weiter bewegen zu können. Sie nahmen etwas Proviant mit, damit sie den Abend und die Nacht überstehen konnten. Mäxchen zeigte Elias seinen Liegeplatz, der sich etwa einen Meter im Erdreich unten befand. Elias schaute Mäxchen verdutzt an, der keine Miene verzog, runterstieg und sich einnistete, so gut es eben ging. Er hatte schon verstanden, warum sie sich so verhalten mussten – sie konnten noch nicht fliehen, weil noch mehr Freunde befreit werden mussten, die nun bestimmt verstanden hatten, dass sie die nächsten sein würden. Mäxchen machte sich daran, seinen Baum zu besteigen, um zu sehen, was unten im Lager los war. Oben am Baumwipfel angekommen sah er, dass im Lager ein regelrechter Tumult herrschte. Soldaten und Offiziere schrien umher, Jeeps und andere Fahrzeuge verließen und erreichten das Camp. Es waren diesmal viel mehr Soldaten zu sehen – wo waren die alle hergekommen? Dann sah Mäxchen, wie eine ganze Schar von Bewaffneten sich versammelte und das Gelände zu Fuß verließ, um geordnet und diszipliniert in ihre Richtung zu marschieren. Sein Herz begann höher zu schlagen, bis er das Pochen im Hals, dann bis in den Kopf spürte. Seine Schläfen klopften und pulsierten wie verrückt. Er stieg so schnell wie es nur ging runter vom Baum, um Elias zu warnen und ihm zu sagen, dass er weder ein Geräusch noch Niesen oder sonst etwas machen dürfe für die nächste Zeit, so lange, bis er wieder zu ihm zurückkommen würde. Elias schaute Mäxchen mit großen Augen an und wurde der kommenden Gefahr so gewahr, dass er zu zittern begann. Mäxchen streckte ihm seine Hände hin. Elias fasste sie und hielt sie eindringlich. Mäxchen schaute ihn zuversichtlich an und sagte: „Das schaffen wir, mein Freund – sei tapfer, für dich und unsere anderen Freunde!" Elias beruhigte sich etwas, dann ließ Mäxchen von ihm ab, deckte das Loch mit Blätterästen zu, wuschelte alles noch etwas herum, sodass alles zufällig aussah. Dann ging er in seinen Bau, deckte sorgfältig alles von innen her zu, so wie er es zuvor schon ein paar Mal gemacht hatte. Es vergingen vielleicht zehn Minuten, bis er Stimmen hörte, dann ein Stochern und Stampfen. Einer sagte, dass sie nicht weit sein konnten, denn es gäbe ja noch andere, die sie wahrscheinlich befreien wollten. Mäxchen hatte sich schon gedacht, dass diese Absicht nicht alleine zwischen ihm und seinen Freunden bleiben würde − der Feind zog wohl auch seine Schlussfolgerungen. Anscheinend stocherten und pflügten sie nun den Wald sehr genau um. „Die wollen jetzt auf Nummer sicher gehen", folgerte Mäxchen. Er kroch tiefer in den Bau, nach hinten in den tieferen Teil, den er noch zusätzlich gegraben hatte. Er rollte sich zusammen, um nicht entdeckt werden zu können, falls sie den Bau öffnen sollten. Elias hatte er auch so eingerichtet, dass er in einer kleinen Nebenhöhle liegen konnte.

Sie kamen, kamen immer näher, stakten, stocherten, schaufelten und rissen Gebüsch auseinander und schnitten sich mit Macheten durch Dickichte, bis sie etwa zu dritt über ihm standen. Mäxchen hörte, wie Äste weggetragen wurden, dann sagte einer, dass sich darunter ein Loch befände. Er kniete nieder, um besser ins Loch sehen zu können. Mäxchen hatte sich einen Ast voll mit Blättern vor das Gesicht gehalten. Der Mann schien ihn direkt anzusehen. Mäxchen sah ihm durch die Blätter mitten ins Gesicht und hörte sein lautes Schnaufen. Schweißperlen bildeten sich auf Mäxchens Stirn, sein Atem stockte, seine Glieder waren erstarrt und er biss sich auf die Zunge, so fest, wie er konnte, um sich unter Kontrolle zu halten. Der Mann zog sich etwas zurück, näherte sich ihm von neuem, um nochmals hinzuschauen, schien ihn aber tatsächlich nicht zu erkennen und zog sich dann endgültig zurück. Wie durch ein Wunder hatte der Mann die Blätter vor seinem Gesicht nicht wegzunehmen versucht, was er eigentlich ganz leicht hätte tun können. Jetzt konnte Mäxchen ausatmen. Die Männer entfernten sich, Mäxchen musste sofort an Elias denken. Hoffentlich hatten sie ihn nicht erwischt, das wäre eine absolute Katastrophe gewesen. Als er nichts mehr von den Soldaten hörte, wagte er es, noch immer schweißgebadet und noch ganz verkrampft, aus seinem Bau zu steigen, um nach Elias zu sehen. Von ein paar Metern Entfernung aus glaubte er, dass der Bau offen und leer stand. Nein, das durfte nicht sein. Er näherte sich ihm und fand Elias mit dem Rücken ihm zugerichtet in der Nische im Nebenloch gekrümmt liegen. Er war fast nicht zu erkennen, denn er trug ein dunkelgrünes, auf wunderbare Weise tarnendes Oberteil, welches er vom Bauern erhalten hatte und ihm wahrscheinlich das Leben gerettet hatte. Man hatte ihn übersehen. Mäxchen stupfte Elias am Rücken an, welcher seine Beugung langsam öffnete und sich umdrehte, dann mit Angsttränen in den Augen Mäxchen ansah und am ganzen Leib vibrierte. Mäxchen zog ihn mit einer Hand raus aus dem Bau und nahm ihn ganz fest in den Arm. Elias heulte los, schmiegte sich fester an Mäxchen und begann zu schluchzen, der ihm übers Haar strich und ihn mit den Worten zu beruhigen versuchte: „Es kommt alles gut, Elias. Wir werden es schaffen." Mäxchen überlegte sich, dass die Männer möglicherweise wieder zurückkehren konnten und dass sie darauf gefasst bleiben mussten. Er ließ Elias erneut in den Bau liegen, gab ihm etwas Brot und Wurst zu essen und ließ ihn mit weiteren beruhigenden Worten wissen, dass er herausfinden wollte, wo die Männer hingingen. Denn es sei besser, er würde sie im Auge behalten, als auf sie zu warten, was Elias einleuchtete und welcher froh war, dass Mäxchen so gut auf alles achtete. Mäxchen blieb ganz ruhig stehen und lauschte in den Wald hinein. Von weitem hörte er knackende Hölzer. Sie schienen nach links abgebogen zu sein, in Richtung der Waldlichtung, in der er anfangs das Feuer, zur Irreführung der einen und zur Informierung der anderen, entfacht hatte. So leise und unauffällig wie möglich folgte er ihnen, bis er einige von den Männern entdecken konnte, die unaufhörlich die Hölzer und Büsche mit ihren Stecken und mit Bajonetten aufgepflanzten Gewehren prüfend durchstocherten. Mäxchen blieb in sicherem Abstand und beobachtete die Soldaten immer nur durch Buschwerk, damit er sicher unentdeckt bleiben konnte. Nach längerer Zeit hielt ein Mann inne, schaute in alle Richtungen und deutete an, dass sie weit genug gegangen waren. Sie kehrten um und kamen in seine Richtung zurück. Mäxchen versteckte sich abseits des Weges, auf dem die Männer zurückkamen und wartete ab, bis sie an ihm vorbeigezogen waren, um ihnen dann in sicherem Abstand zu folgen. Als sie in die Nähe von Elias' Bau gekommen waren, hoffte er, dass er ruhig blieb, da unten in seinem Bau. Plötzlich stolperte einer der Männer, ausgerechnet an einer Baumwurzel neben Elias' Unterschlupf. Der Mann brach mit seinem Kopf durch die über dem Bau liegenden Äste und schaute praktisch in den Bau hinein. Mäxchen hatte schon einen Stecken in die Hand genommen und beobachtete, wie die Szene weiterging. Der Mann war etwas benommen und versuchte, sich aufzusetzen. Er machte Anstalten, nochmals in den Bau schauen zu wollen, das war das Zeichen für Mäxchen den Stecken weit von ihm wegzuwerfen. Das Aufschlagen erzeugte ein dumpfes Knacken und Rascheln, welches die Aufmerksamkeit aller auf sich zog, selbst die des Mannes bei Elias' Bau. Er stand daraufhin auf, ein anderer rannte zur Stelle, wo der Stecken gelandet war, und zum Glück befreite sich eine Amsel gleichzeitig aus dem Unterholz, was eine anscheinende Erklärung für die Geräusche abgab. Die Männer versammelten sich und gingen dann geschlossen nach unten zurück ins Camp.

Mäxchen stieg auf seinen Baum, um das Lager zu beobachten. Der Suchtrupp kam zurück und auch andere, die mit Fahrzeugen auf die Suche ausgesandt worden waren. Auf einmal entdeckte er den Bauern. Sie hatten ihn anscheinend von zu Hause geholt und ins Lager gebracht. Er kniete vor drei Soldaten am Boden. Der eine richtete eine Pistole an seinen Kopf. Ein Offizier näherte sich ihnen, sprach zu den drei und erklärte ihnen etwas mit fuchtelnden Händen und half dem Bauern wieder auf. Der Bauer durfte das Lager verlassen und lief, sichtlich aufgewühlt, auf der Straße zurück in Richtung seines Hofes.

„Ich denke, wir gehen vorerst mal nicht zum Bauern zurück – lassen wir es etwas abkühlen und die Dinge weiter beobachten", dachte sich Mäxchen. Er ging zu Elias und klärte ihn auf, dass sie ein paar Tage sich beim Bauern nicht blicken lassen durften, weil er wahrscheinlich unter Beobachtung stand, denn Mäxchen musste in Betracht ziehen, dass der Bauer deshalb freigelassen worden war, um sie zwei fangen zu können, sozusagen als Köder. Je mehr er sich das überlegte, desto klarer wurde es ihm, dass dies die Absicht des Offiziers sein mochte.

Sie hatten noch genug Proviant, um zwei Tage sich zu ernähren, zwar immer vom selben: Brot, Wurst, Käse und etwas Milch, aber das war auszuhalten. Auf Pflanzen vom Wald hatten sie keine Lust mehr. Zu zweit gingen sie am nächsten Tag an eine Stelle oberhalb des Bauernhofes. Auf Beobachtungsstation. Lange saßen sie im Unterholz, mit gutem Blick zum Hof und weiter Sicht nach links und rechts der Straße entlang und bis weit in die Felder hinaus. Dann plötzlich sahen sie, wie ein Jeep weit im Feld hinten durchfuhr und anhielt. Ein Mann stellte sich auf die Jeephaube und hielt etwas in der Hand – es musste ein Fernglas gewesen sein. Man sah, wie er kopfschwenkend die Gegend absuchte. Sie selbst waren nicht zu entdecken, zu gut im Unterholz versteckt, aber es bestätigte seine Annahme, dass die Nazis den Bauernhof beobachteten, mit der Erwartung, die beiden Jungs ausfindig zu machen. Der Bauer kam aus dem Haus und ging zur Scheune und schaute etwas verstohlen um sich, vielleicht, um sie beide entdecken zu können. Dann stieg er auf den Traktor, fuhr auf die Straße in die Gegenrichtung zum Lager los. Er hatte einen Rucksack am Rücken hängen. „Das dürfte für uns sein", dachte Mäxchen. Der Traktor war eine Strecke runter die Straße gefahren und fuhr dann nach links in den Wald hinein. Kurze Zeit später kam er wieder heraus, der Bauer hatte den Rucksack noch immer an, aber er schien flacher am Rücken anzuliegen. Wusste der Bauer, dass Mäxchen und Elias ihn beobachtet hatten oder nahm er es zumindest an und wusste er, dass Soldaten des Camps ihn beobachten würden? Vermutlich schon. Mäxchen und Elias verharrten noch eine lange Zeit, nämlich bis der Jeep sich vom Acker gemacht hatte. Dann, noch immer die Gegend gut im Auge behaltend, schlichen die beiden in die Richtung, wo der Traktor hingefahren sein musste. Halt! Da stand der leere Jeep in der Nähe. Kein Mann war zu sehen. Mäxchen deutete Elias an, dass sie hinter dem Gebüsch bleiben und lautlos sein mussten. Sie verharrten da wiederum für lange Zeit und plötzlich, nur etwa zwei Meter entfernt, lief der Mann in schnellen Schritten an ihnen vorbei, glücklicherweise ohne sie zu bemerken. Er schien vom Bauern nichts gefunden zu haben, aber da musste etwas sein, das er abgelegt hatte, aber sicher gut getarnt war. Der Mann stieg in den Jeep und fuhr kopfschüttelnd und vor sich hin fluchend davon. Mäxchen stand auf und beobachtete ihn, bis er ihn nicht mehr sehen konnte, also weit genug weg war. Vorsichtig schritten sie vom Gebüsch hervor, schauten umher und suchten nach einem Zeichen, das der Bauer hinterlassen haben mochte. Dann entdeckte Mäxchen am Boden einen Brotkrümel, dann einen weiteren im Abstand von etwa einem Meter und da war der nächste. Sie folgten der Spur, bis sie zu einem Baum kamen, der unterhöhlt war. Äste lagen über dem Graben, die Mäxchen schnell auseinanderlegte und siehe da, da war eine Papiertüte. Er schnappte sich die Tüte und sie gingen zurück, wo sie hergekommen waren, ohne zu schauen, was drin war. An einem sicheren Platz ließen sie sich nieder und öffneten den Sack. Zuerst kam ein Zettel hervor, auf dem stand, dass der Bauernhof beobachtet würde und sie ihn nicht besuchen durften, aber er würde ihnen in dieses Versteck alle zwei Tage etwas hinterlegen. Mäxchen war derjenige, der lesen konnte, nicht aber Elias. Er wollte Elias noch verschweigen, dass sie für länger als nur ein paar Tage den Bauern nicht besuchen durften, er würde ihn einfach hinhalten müssen. Unter dem Zettel fanden sie Brot, gekochte Eier, Karotten, Wurst und Schokolade. Sie wussten gar nicht mehr, wie sie schmeckte, und bissen beide gleich ein Stück ab.

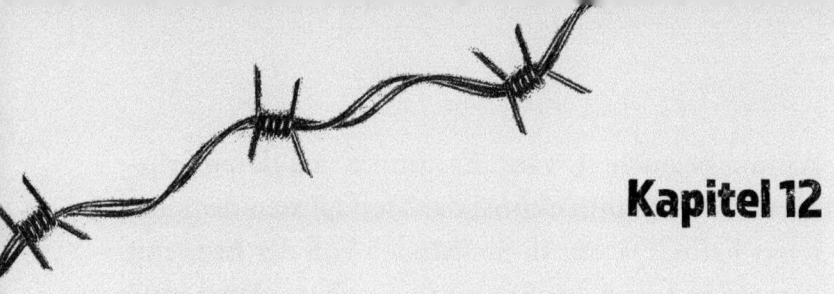

Kapitel 12

Es waren einige Tage und Nächte vergangen. Mäxchen hatte das Lager immer wieder von seinem Baum aus beobachtet. Elias plagte ihn zu seinem Erstaunen nicht damit, wann sie zum Bauern gehen würden. Er musste es instinktiv verstanden haben. Das Treiben im Camp hatte sich etwas beruhigt, aber es waren abermals schwarze Rauchschwaden zu beobachten, die aus dem Kamin traten, was nichts Gutes verhieß. Hoffentlich waren Adaja und David nichts zugestoßen, er musste sie doch befreien.

Es ging nun darum, einen Plan auszuhecken, wie die nächste Befreiungsaktion aussehen sollte. Über den Bauern und seiner Gemüselieferung durfte es nicht mehr gehen, das wäre töricht, es nochmals auszuprobieren. Da war noch dieser vorgeschaufelte Graben unter dem Zaun hinter der Baracke 2, den Mäxchen mit lockerer Erde gut getarnt hinterlassen hatte. Er musste irgendwie eine Mitteilung ins Lager bringen, die nur Adaja verstehen konnte.

Die nächste Nacht war Vollmond. Das Mondlicht überbot beinahe die Lichtstärke der zwei Scheinwerferkegel über dem Lager. Mäxchen dachte sich, dass es vermutlich am besten wäre, wenn der Mond nicht scheinen würde, da ansonsten das ganze Camp ständig beleuchtet wäre. Er konnte sich daran erinnern, wie Vati ihm einmal die Mondphasen demonstriert hatte. Da war dieses Modell von der Erde mit dem Mond und der Sonne und wie sie den Mond beschien oder eben nicht, wenn die Erde davorstand. Mäxchen wurde es ganz warm ums Herz. Schon so lange hatte er nicht mehr an Vati gedacht, er fühlte sich beinahe beschämt und ungerecht ihm gegenüber. So gern würde er wieder mit ihm reden, denn Vati wusste ihm immer etwas Neues und Interessantes zu erzählen. Und Mutti, sie musste sich ja unsägliche Sorgen machen. Dieser Gedanke tat ihm buchstäblich in der Brust weh. Er musste ihr sagen können, dass es ihm gut ging. Der Tag würde kommen. Aber jetzt musste er seine Mission erfüllen und hatte noch keine Idee, wie er die Mitteilung unentdeckt zu Adaja schmuggeln konnte. Der Bauer musste sie, wie das letzte Mal, ins Lager bringen und ihr die Nachricht irgendwie übergeben. Der Bauer war die Verdachtsperson Nummer 1, er würde keinen Moment aus den Augen gelassen werden. Aber es schien, dass er einfach weitermachen würde, Gemüse auszuliefern, und er wusste, dass er nichts verändern durfte.

Mäxchen hatte noch den Bleistift von damals und ein Stück Papier. Er war ein versierter Zeichner. Er zeichnete einen halben Erdball, darüber einen schwarzen Mond hängend, ein Haus mit einem „D." an der Wand und einen Maulwurf, der zum Mond schaute. Dies sollte Adaja darauf bringen, dass sich hinter Baracke 2 ein Graben befand. Dazu schrieb er auf ein kleines Zettelchen: „Bitte an das Mädchen geben." Mäxchen nahm die Tüte, steckte die Zettel hinein und machte sich mit Elias auf, zum Versteck zu gehen und sie für den Bauern zu hinterlegen.

Am kommenden Montag stieg Mäxchen früher am Morgen auf seinen Baum, um zu beobachten, wann der Bauer kommen würde und was er tat. Aber kein Bauer war erschienen, den ganzen Morgen nicht. Was war geschehen? Hatten sie ihn jetzt doch gefangen genommen? Das war sehr ungewöhnlich, denn bis anhin kam er jeden Montag um circa neun Uhr. Mäxchen packte Elias an der Hand und ging mit ihm so schnell sie nur konnten, natürlich immer die Vorsicht vor Augen, zur Stelle oberhalb des Bauernhofes. Er konnte beobachten, wie der Bauer viele Strohballen auf den Anhänger gepackt hatte und dann Richtung Lager losfuhr. Hatte sich etwas geändert? Musste er kein Gemüse mehr liefern? Die beiden rannten zurück, damit Mäxchen vom Baum beobachten konnte, was sie mit den Strohballen anfingen. Er konnte gerade noch sehen, wie der Bauer das Camp verließ. Die Strohballen waren am Eingang des Lagers aufgestapelt. Er konnte sich keinen Reim darauf machen, wozu sie waren. Dann sah er Adaja. Sie schaute umher, um vielleicht jemanden entdecken zu können. Sie hielt verstohlen etwas in der Hand. War es der Zettel? Dann sah Mäxchen, wie ein Wachmann auf sie zulief und ihr etwas aus der Hand riss. Er entfaltete den zerknitterten Zettel, schaute das Mädchen an, dann wieder den Zettel, dann sagte er etwas, sie antwortete mit einer Handbewegung des Zeichnens und er ging mit dem Stück Papier weg. Hoffentlich hatte er nichts bemerkt. Adaja schaute wieder etwas bedeckt umher, um zu sehen, ob sie vielleicht Mäxchen entdecken konnte. Dann lief sie in Richtung Baracke 2, der Längsseite entlang und tat so, als würde sie tagträumen, dann kam sie nahe an die Hinterseite des Hauses und schaute zum Zaun hinüber. Dann rief ihr ein Wachmann zu und zeigte ihr mit einer Armbewegung, sich woanders hinzubewegen. Sie tat, als ob sie sich der Gegenwart wieder gewahr würde und befolgte die Anweisung. Das war Beweis genug für Mäxchen, dass sie verstanden hatte. So ab circa zehn Tagen musste er jede Nacht beim Zaungraben sein, denn ab dann würde der Mond abnehmen. Dies würde David helfen, durch die Untergrabung auszubrechen. Mäxchen und Elias rissen sich zusammen, nicht aufzugeben, denn die Nächte waren kalt und lang und die Tage, na ja, auch nicht gerade kurzweilig. Sie mussten immer auf der Hut bleiben. Elias hatte begonnen, sich mit Vögeln, Füchsen und Rehen im Wald zu unterhalten, mit den einen mehr auf Distanz als mit den anderen.

Dann war es so weit. Mäxchen ließ Elias mit ein paar klaren Anweisungen oben im Wald zurück, während er mit seinem Spaten nach unten schlich, die Straße mit viel Vorsicht überquerte, um dann im Gebüsch in der Nähe des Zauns liegend, abzuwarten. Er beobachtete das Lager, zählte nochmals die Zeit ab, wie lange der Wächter für seine Runde brauchte. Es schien sich nicht geändert zu haben, außer, dass er jetzt einen Deutschen Schäferhund dabeihatte. Das erhöhte das Risiko um eine weitere Variable. Mäxchen blieb bis zum Morgengrauen, diesmal hatte sich niemand bemerkbar gemacht. Weder Adaja noch David waren erschienen. So ging es weitere fünf Nächte, während er jeweils am Tag ein paar Stunden geschlafen hatte. Dann kam die Nacht völlig ohne Mond, fast schwarz wie Tinte. Mäxchen saß im Gebüsch. Er spürte, dass die Zeit gekommen war. Als gegen Mitternacht der Wärter mit seinem Hund gerade vorbeigegangen war, tauchte Adaja mit David unter der Baracke 2 auf, zumindest schauten zwei Köpfe heraus. Da die Scheinwerfer diesen Teil noch immer nicht beleuchteten, machte Mäxchen sich auf, um in Rekordtempo die lose Erde wegzuschaufeln. Die Erde war fester geworden als er dachte, also musste er sich noch mehr anstrengen, um es in diesem Zeitfenster zu schaffen. Die Schaufel in seinen geschickten Händen schaffte es, das Loch für David vorzubereiten. Er winkte David zu, der schnell herüber sprang und sich durch die Unterführung schlängelte. Adaja war nähergekommen, sodass sie gut erkennbar wurde. Mäxchen schaufelte in Windeseile das Loch zu, ließ es unberührt aussehen und konnte gerade noch Adaja mit ein paar Handbewegungen mitteilen, dass sie die Nächste sein würde. Dann machten sie sich aus dem Staub, das heißt, zuerst hinters Gebüsch und dann zusammen über die Straße, hoch den Wald hinauf zu Elias, der vor lauter Nervosität wie ein Fisch an der Angel zappelte, sich aber wie verrückt freute, als er David entdeckte. Die beiden umarmten sich und konnten ihre Tränen kaum zurückhalten, bis sie letztlich zusammen losheulten. Mäxchen gesellte sich zu ihnen und umarmte die beiden. Sie blieben wahrscheinlich etwa fünf Minuten eng umschlungen stehen. Als Nächstes „quartierte" Mäxchen David in seinen Bau ein, den er sorgfältig für ihn ausgewählt und vorbereitet hatte. Ihre Liegestätten lagen in einem Dreieck zueinander. Mäxchen ließ beide sich ins Versteck hineinlegen und deckte ihre Bauten mit Ästen zu. Dann kletterte er in Eile seinen Baum hoch, um das Lager zu überblicken. Im Scheinwerferlicht konnte er nur sehen, dass der Wächter mit dem Hund in Richtung Hinterteil der Baracke 2 ging. Alles schien ruhig zu sein, bis plötzlich eine Pfeife zu hören war. Der Wächter mit dem Hund, welcher mit seinen Pfoten an der losen Erde scharrte, herumschnupperte und laut zu bellen anfing, stand bei Mäxchens Zaununterführung und pfiff mit seiner Trillerpfeife immerfort. Andere Wächter eilten herbei, dann wurden sämtliche Gefangenen aus den Baracken gejagt und von bewaffneten Soldaten auf den Platz gestoßen. Die Gefangenen wurden angewiesen, sich in einer Reihe aufzustellen und selbständig durchzuzählen, wie sie es normalerweise tun mussten. Sie zählten durch und es ergab anscheinend nicht die richtige Zahl, also zählten sie nochmals und zwar so laut sie konnten, weshalb es Mäxchen gut hören konnte. Dann kontrollierte eine Wache die Gefangenen einzeln und hielt bei Adaja inne. Nun bemerkten sie, dass David fehlte und natürlich wussten sie auch, dass er mit Adaja befreundet war. Sie würde bestimmt ins Kreuzfeuer genommen werden, die arme Adaja, er musste sie so schnell wie möglich herausholen. Das Wie würde ihm schon noch einfallen.

Suchtruppen kamen kurz darauf erneut in seine Richtung. Mäxchen stieg runter vom Baum, kontrollierte die anderen Bauten nochmals und informierte die beiden Jungs, dass sie so tief wie möglich in den Bau sich verkriechen sollten und keinen Laut und kein Geräusch von sich geben durften. Sie gehorchten ihm aufs Wort, denn sie wussten, was auf dem Spiel stand. Auch Mäxchen verkroch sich in seinen Bau, schön mit den Ästen zugedeckt. Es war kaum auszuhalten, auf den Suchtrupp zu warten. Dann kamen sie plötzlich. Dem Geräusch nach waren es viele, noch mehr als das letzte Mal. Sie stocherten, schnitten mit Macheten und durchkämmten sämtliche Büsche, Dickichte und Unterholze, um vielleicht fündig zu werden. Es schien, dass sie ohne Erfolg nicht mehr zurückkehren durften. Sie waren jetzt ganz in der Nähe. Mäxchen hörte ihre Schritte über die Äste über ihm laufen, bis einer durch sie durchbrach, den Schuh rauszog, die Äste wegnahm und mit der Taschenlampe ins Loch leuchtete. Wie früher hatte Mäxchen sich wieder mit blättervollen Ästen abgedeckt, die ihn so gut zugedeckt hatten, dass er selbst im Lampenlicht nicht erkannt werden würde. Trotzdem schossen die Schweißtropfen reichlich auf seine Stirn und er begann, erst lange nachdem die Gefahr vorüber war, wieder zu atmen, sodass er fast erstickt wäre.

Mäxchen verließ sein Versteck und prüfte die anderen und sah, dass bei ihnen alles unversehrt blieb. Er öffnete Elias' Bau und traf ihn zu seiner Überraschung lächelnd an. David hingegen war zitternd und schweißgebadet in seinen Bau gekauert. Mäxchen reichte ihm seine Hand und David war kaum in der Lage, genug Kraft aufzuwenden, um erfolgreich aus dem Versteck gezogen zu werden, aber schlussendlich schaffte er es und beruhigte sich dann auch allmählich.

Nun musste Mäxchen sich sputen, denn er wollte die Truppe im Auge behalten und wissen, was sie tat. Den Taschenlampenscheinwerfern zufolge konnte Mäxchen sehen, wo sie sich hin verlagert hatten. Er folgte den Soldaten, um dann zu sehen, dass die Männer sich auf einem anderen Weg zurück zum Lager bewegten. Sie zogen eine Schlaufe durch den Wald – es schien, als ob Mäxchens Gegend für sie uninteressant wurde. Erleichtert kehrte Mäxchen zu seinen Freunden zurück und ging schlafen, nachdem er sie mit beruhigender Stimme in ihren Bau begleitet und eine gute Nacht gewünscht hatte.

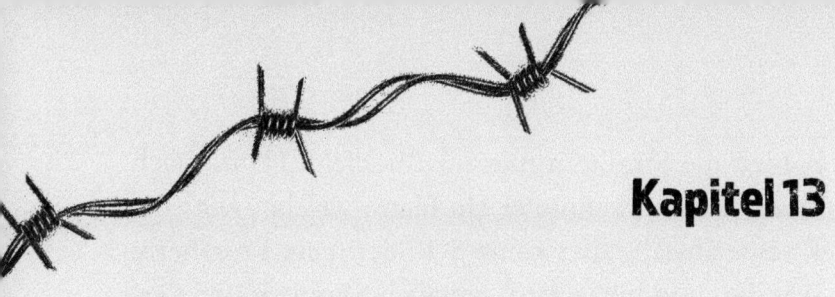

Kapitel 13

Nun sollte es zum letzten Coup kommen. Adaja musste gerettet werden. Die Wärter, alle Offiziere und Soldaten dürften nun auf alles, was sich bewegte, sensibilisiert sein, denn sie kamen vor ihren Vorgesetzten ganz bestimmt nicht ungestraft davon und die Nazis waren nie zimperlich mit Missetätern und solchen, die es in ihren Augen nicht wert waren, wie sie zu leben. Selbst solche aus den eigenen Reihen, die erfolglos oder zimperlich waren, waren ihres Lebens nicht sicher gewesen.

„Wie sollte die nächste Befreiungsaktion nun laufen?", überlegte Mäxchen. Aber es blieb ihm noch ein völliges Rätsel.

Die drei Jungs verbrachten eine weitere Woche im Wald. Es hatte sich noch keine Lösung für die Befreiung von Adaja ergeben, bis zu dem Zeitpunkt, als Mäxchen auf seinen Baum stieg und beobachtete, wie Adaja aus dem Lager gefahren wurde. Sie fuhren weg, nach rechts, also auf die andere Seite als zum Bauern. „Was konnte das bedeuten?" Etwa fünf Minuten später kehrte der Jeep schon wieder zurück, ohne Adaja. Nun packte Mäxchen die Neugier noch mehr, er stieg vom Baum und rannte in diese Richtung durch den Wald. Er blieb vorsichtig und behielt die Straße immer im Blickfeld. Dann, nach einer Weile, erkannte er ein Haus, welches wie eine Kneipe aussah, aber keine Schilder trug. Er näherte sich ihm und hörte dann plötzlich Stimmen und Gesang. Anscheinend hatten sie Adaja zu ihrer Unterhaltung oder als Bedienung dorthin gebracht, oder beides. Mäxchen hoffte, dass sie nicht, nebst ihrer sonst schon verachtenden Behandlung, noch mehr missbraucht wurde. Sie hatte ihnen so viel geholfen, speziell sie hätte dies nicht verdient. Mäxchen wartete noch hinter einem Gebüsch ab und untersuchte die Gegend, dann entdeckte er auf einem Hochsitz für Jäger zwei Soldaten sitzen und die Gegend mit einem Feldstecher absuchen. „Das ist eine Falle", dachte Mäxchen, „die versuchen, uns zu erwischen, indem sie Adaja als Köder auswerfen." Er beobachtete die zwei auf dem Sitz und passte die richtige Zeit ab, um sich von der Szene zu entfernen und in den Wald zurückzugehen. Er sah, dass sie ihn nicht erkannt haben konnten, weil sie einerseits dageblieben sind und andererseits mit dem Fernglas in andere Richtungen zielten. Mäxchen blieb lange Zeit in der Nähe, denn er wollte sehen, wie sie aussah und wie es ihr ging, wenn sie herauskam. Dann kamen Soldaten aus dem Haus, sie waren ziemlich betrunken. Ein Offizier folgte mit Adaja im Arm und küsste sie ins Gesicht. Dieser Anblick tat Mäxchen richtig weh. Was für eine Schande und Erniedrigung gegen das Menschengeschlecht und gegen die arme Adaja. Er hatte zur Genüge mitansehen und erfahren müssen, dass Juden für Sex immer noch recht waren, aber ansonsten mit Ungeziefer oder weniger gleichgestellt wurden, mit denen man völlig freie Wahl hatte. Adaja trug hohe Pumps, einen kurzen, schwarzen Rock und eine weiße Bluse, die leicht durchsichtig war. Sie war erst 14 Jahre alt, aber das schien ihnen keinen Eindruck zu machen. Mäxchen hatte genug gesehen. Die Notwendigkeit, sie zu befreien, wuchs in ihm mit Raketengeschwindigkeit. Er ging zurück zu seinen Freunden, kam an ihren Bauten an, aber niemand war zu sehen. Wo waren sie hingegangen? Wurden sie vielleicht verschleppt? Mäxchen raufte sich die Haare, begann vor Verzweiflung zu weinen, schaute nach oben zu den Baumwipfeln und erblickte überraschenderweise zwei Gesichter, die ihn fröhlich anlachten. Erleichtert setzte er sich auf den feuchten Waldboden, musste völlig ausgelassen loslachen und nach einer kurzen Weile spürte er plötzlich, wie erschöpft er eigentlich war. Er wies die beiden Jungs an, von oben am Baum das Camp zu überwachen, und sollte irgendetwas Verdächtiges zu erkennen sein, dass sie ihn sofort aufwecken mussten. Dann gab er ihnen zu verstehen, dass er sich in seinen Bau zurückziehen musste. Er begab sich in seinen Unterschlupf und nahm ein langes Nickerchen, denn es war bereits wieder Abend geworden. Er erwachte nach ein paar Stunden, stand auf, um nach den zwei anderen zu sehen, welche bereits zusammengerollt in ihren Höhlen schliefen. Er ließ sie sein und begann zu sinnieren, holte etwas Brot und Wurst, was sie regelmäßig aus dem Versteck vom Bauern erhalten hatten. Auf seine Unterstützung konnten sie immer zählen. Aber sein Hauptproblem war Adaja, wie kriegte er sie da raus?

Am nächsten Tag ließ Mäxchen die beiden anderen abends zurück oben im Wald, stieg den üblichen Weg hinunter und platzierte sich hinter dem Gebüsch beim Zaungraben. Er wollte nachsehen, wie es um den Graben stand. Die Unterführung war gut zugeschaufelt und schien ziemlich fest zu sein – im geeigneten Moment wagte er sich direkt an sie heran, um mit der Hand zu prüfen, wie es wirklich war. Ja, sie war hart gestampft worden. Mäxchen dachte sich, dass er vermutlich denselben Ausgang nicht nochmals benutzen durfte, das wäre zu frech und wahrscheinlich auch zu dumm gewesen. Er begab sich zurück an seinen Platz. Dann dachte er, dass er am besten den Bauern fragen sollte. Er schrieb ihm einen Zettel und legte ihn ins gemeinsame Versteck.

Am kommenden Tag lief Mäxchen schnell zum Versteck, fand frisches Essen und sogar eine heiße Suppe im Blechtopf vor und einen Zettel, auf dem eine geheimnisvolle Nachricht stand, die vielversprechend klang:

„Lieber Mäxchen. Der 21. Juni ist der ‚Tag der Sommersonnenwende‘. Das ist in vier Tagen. Da wird gefeiert, sofern die Umstände der Nation es zulassen würden. Jedenfalls werden WIR ihn FEIERN. Seid bereit, abends nach dem Eindunkeln unten am Camp! Vergesst den Spaten nicht.

Und lasst die Suppe euch schmecken, ihr habt es verdient, meine tapferen Jungs… Euer Dieter."

„Verdammt, was hat der gute Bauer nur vor?", dachte Mäxchen.

„Anscheinend heißt er Dieter."

Zurück bei den Jungs oben im Wald, aßen sie zusammen zuerst die köstliche Gerstensuppe, die ihnen wieder viel Kraft verlieh. Sie hatten sie wirklich nötig gehabt. Danach klärte Mäxchen die zwei anderen darüber auf, was der Bauer geschrieben hatte. Für die zwei war es ein noch größeres Rätsel als für Mäxchen. Sie mussten sich hervorragend vorbereiten, aber wie, nebst dem Spaten? Also, sie sollten:

- Erstens sehr wachsam sein, damit sie nicht verpassten, das Richtige zu tun.
- Zweitens sollte Mäxchen seine Steigeisen mitnehmen, denn vielleicht würde er den Spaten gut einstechen müssen.
- Drittens musste er vielleicht jemanden fesseln, also sollten frische Lianen als Ersatz für Seile gesammelt werden.
- Viertens, dachte er, dass sie sich eventuell verteidigen mussten. Dafür sollten sie ein paar Weidenstauden suchen, die so richtig bei korrektem Gebrauch auf der Haut brannten.
- Ein Fünftens kam ihm nicht in den Sinn, vermutlich hatte er an alles gedacht, ansonsten musste er oder sie eben improvisieren.

Mäxchen spürte, wie er einen gewissen Humor zurückgewonnen hatte. Das hatte bestimmt damit zu tun, dass der Bauer wahrscheinlich einen guten Plan auf Lager hatte. Zumindest spürte er eine unterstützende Kraft und das gab ihm Aufschwung.

Eigentlich hätte der Bauer die Katze aus dem Sack lassen sollen. Aber vielleicht tat er es nicht, damit, wenn der Zettel in falsche Hände käme, diese nicht erraten würden, was der Plan war.

Ein paar schlaflose Nächte waren für Mäxchen jedenfalls vorprogrammiert, aber wenn es sich lohnen würde, dann war ihm alles recht.

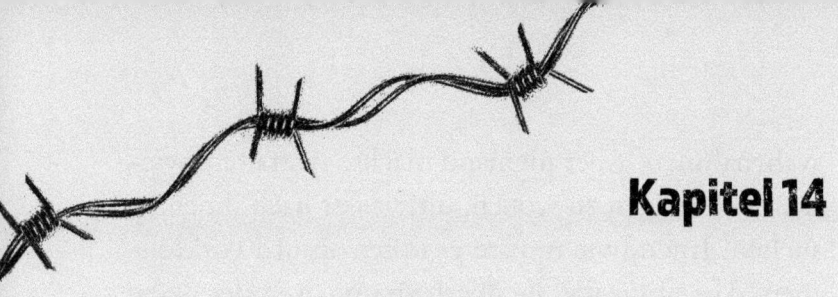

Kapitel 14

Die erste Nacht lag Mäxchen nur so da in seinem Versteck, schaute hinauf zu den Blättern über ihm, die das Mondlicht leicht durchschimmern ließen, was an eine gespenstische Dunkelheit erinnerte. Von weitem hörte er einen Kuckuck, der in ausgedehntem Rhythmus seinen gleichnamigen, nachhallenden Zweierton von sich gab, was der Waldszene eine gewisse Ruhe und doch Ehrfurcht verlieh. Ab und zu raschelte es draußen, wenn ein Reh, ein Hase, ein Fuchs oder sonst etwas vorbeizog, um seine nächtlichen Runden zu drehen. Manchmal sogar hörte Mäxchen ganz in seiner Nähe ein Schnüffeln oder Scharren, aber er machte sich nichts draus. Er war eher froh, dass er von lebenden Wesen umgeben war, so fühlte er sich weniger einsam.

Der nächste Tag bestand daraus, das Camp im Auge zu behalten. Vom Baum oben aus beobachtete er, wie Leute kamen und gingen. Zwischendurch konnte er entdecken, dass Soldaten nach oben zu ihm schauten und dann wieder miteinander diskutierten, als würden sie sich beobachtet fühlen. Mäxchen versuchte dann, weniger auffällig nach unten zu schauen und seine Aufmerksamkeit zurückzuhalten. Irgendwie spürte er, dass die da unten etwas vermuteten oder wahrnahmen. Aber niemand machte Anstalten, wieder hoch steigen zu wollen, um weiter nach ihnen zu suchen. Irgendwie musste es ihnen absurd vorkommen, dass Jungs wie sie überhaupt noch in der Nähe bleiben würden. Die dachten doch überwiegend, dass sie abgehauen seien – weit weg.

Die drei aßen sparsam von den Vorräten des Bauern und rechneten sich aus, dass der Proviant für mindestens vier Tage hinhalten musste. Und sie wollten nicht nochmals zum Bauern gehen – jetzt, wo der große Coup bevorstand. Einfach nichts mehr riskieren. Lieber etwas hungern, war die Devise.

Der übernächste Tag verlief etwa gleich wie der vorige. Mäxchen blieb hauptsächlich auf seinem Beobachtungsposten, während die zwei anderen mit Stecken spielten. Der eine schlug mit Wucht den Stecken in den Boden und der andere versuchte mit seinem Stecken diesen mit viel Kraft zum Liegen zu bringen. Hatte einer der beiden dies geschafft, musste er den liegenden Stecken aufnehmen und mit seinem Stecken ihn wegschlagen und dabei bis 15 zählen. Wenn der andere Knabe ihn herbeigeholt und in den Boden geschleudert hatte, bevor der andere bis 15 gezählt hatte, dann kriegte er einen Punkt, ansonsten der andere. Mäxchen erinnerte sich, dass er dieses Spiel auch schon gespielt hatte früher, noch zu Hause. Aber jetzt war ihm gar nicht nach Spielen zumute. Er beobachtete das Camp und versuchte jede Bewegung zu deuten, warum sie war und wie sie zustande kam, um irgendwelche Anzeichen oder Warnungen erkennen zu können. Aber alles blieb harmlos.

Am dritten Tag stand Mäxchen auch oben auf dem Ast und beobachtete das Treiben unten im Camp, bis plötzlich der Wachhund der Patrouille wie verrückt in Richtung Eingang zu bellen begann. Mäxchen versuchte, die Ursache dafür zu finden. Er konnte nicht den ganzen Eingangsbereich sehen, aber dann tauchte von rechts her ein Soldat auf, der auch einen Schäferhund an einer kurzen Leine hielt. Dieser war aber ganz ruhig geblieben. Mäxchen beruhigte sich wieder und schaute dem Schauspiel noch zu, bis der bellende Hund dann aufgab, nachdem der Wärter ihn in eine andere Richtung gezogen hatte.

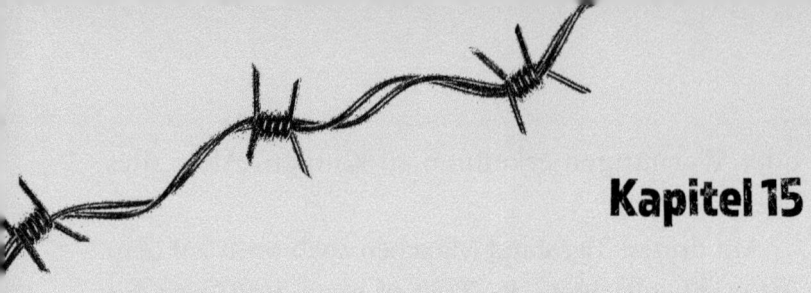

Kapitel 15

Der vierte Tag war gekommen. Es musste nun der 21. Juni gewesen sein. Mäxchen wusste es nicht, er hatte ja keinen Kalender, aber er verließ sich einfach auf die Aussage des Bauern. Er hatte die letzten Tage und Nächte gewissenhaft das Lager wieder und wieder vom Baum aus beobachtet. Es erschien ihm, dass nichts Außergewöhnliches passierte, aber auch niemand schien auf die Idee gekommen zu sein, sich für den „Tag der Sommersonnenwende" vorzubereiten, im Sinne eines Festes oder ähnliches. Aber wem, außer den Soldaten, Offizieren und ihren Komplizen, sprich den Nazis, sollte sonst nach Feiern zumute gewesen sein? Niemandem, einfach niemandem. Es war auf der ganzen Linie ein Trauerspiel, eigentlich für alle, aber nicht alle hatten es bemerkt. Wie wahnsinnig, trist und überheblich doch Deutschland geworden war, angeführt von diesem Führer, der nicht mal ein Deutscher war, aber sich nur für blauäugige, blonde und starke Arier aussprach, welche das pure Gegenteil von ihm darstellten. Und dieser Adolf schaffte es mit seiner geisteskranken Stimme, dass jeder darüber hinwegsah und zusammen mit einem lauten Heilspruch wie hypnotisiert den Arm hob und losmarschierte, um zu quälen und zu töten.

Die Geschichte war voll mit solchen Wahnsinnigen, man konnte meinen, dass dieselben Typen immer wieder von neuem aufgetaucht waren, um ihr Unwesen zu treiben.

Seine beiden tapferen Jungs wurden immer nervöser, je näher der Abend kam. Niemals hatten sie sich nur einmal über die unbequemen, kalten und feuchten Liegestellen oder das spärliche Essen beklagt. Sie hatten verstanden, dass sie da zusammen durchmussten, zusammen mit Mäxchen, der unsäglich stolz auf sie war. Es begann zu dämmern. Alle drei wurden sehr geschäftig. Sie prüften ihre Werkzeuge wie Spaten, Lianen und Ruten. Die Lianen und Ruten waren sehr geschmeidig, was für ihren Zweck genau richtig gewesen durfte. Jeder kriegte eine Rute und zwei Lianen und Mäxchen noch den Spaten dazu. Mäxchen stieg noch einmal auf den Baum, um die Lage zu prüfen – „besser einmal zu viel", dachte er. Schließlich hing ihr aller Leben davon ab und nur wegen einer Unvorsichtigkeit geschnappt zu werden, das würde er sich nie verzeihen. Da unten war nichts Spezielles zu entdecken. Das Flutlicht wurde angezündet, der Mann mit dem Hund begann, seine Runden zu drehen, Fahrzeuge fuhren hinaus und hinein, ein Offizier schrie einen Soldaten lauthals an und ließ ihn auf die Knie sinken, womit er seine Überlegenheit wieder einmal frisch aufpolieren konnte. Es schien, dass es den Nazis nicht genug war, dass sie die anderen sinnlos schikanierten, sondern es mussten auch noch die aus der eigenen Sippe herhalten. Geisteskrankheit kennt halt weder Unterschiede noch Grenzen – der Feind ist jeder und ist überall.

Es dunkelte ein, jeder hatte seine Utensilien. Sie schlichen den Wald hinunter, bis an den Waldrand bei der Straße. Da wollten sie nun sitzen bleiben, bis das Spektakel beginnen würde, wenn sie nur wüssten, was es war. Elias machte sich vor Angst und Aufregung fast in die Hosen. David schwitzte und zitterte am ganzen Körper. Aber beide kniffen sich in den Arm, um nicht gleich loszuschreien. Mäxchen schien völlig ruhig zu sein, denn er wusste, wie er sich im Zaum halten konnte. Er summte innerlich ein Kinderlied, das Klara ihm früher vorgesungen hatte und welches sie dann immer zusammen anstimmten. Es hatte irgendetwas mit einem Hänschen zu tun, der sich allein um seine Geschwister kümmern musste, ihnen Geschichten vorlas und sie tröstete – er wusste den Text nicht mehr, er konnte es nur noch summen.

Urplötzlich, inmitten der nächtlichen Schwärze, sprühte eine Lichtquelle am Himmel Funken, Sterne und Blitze aus und beleuchtete das gesamte Camp für eine kurze Weile, erlosch, dann folgte ein ohrenbetäubender Knall und wieder Stille. „Das muss es sein", dachten alle drei zusammen und schauten einander an. Nach einer kurzen Weile dasselbe Spektakel noch einmal – helles Licht, Dunkel, Krach und Stille. Dann, in immer kürzeren Abständen, wieder und wieder und immer am Ende des letzten Lichtstrahls knallte es wie ein Kanonenschuss, der sich sphärisch durch die Nacht ausbreitete und vergeblich das Echo suchte. Dann sah man zwei Feuerwerksraketen miteinander hochsteigen, um im Schwarz zu bersten, alles auszuleuchten und bestialisch zu knallen. Im gleißenden Licht sah man Soldaten, Offiziere und Gefangene, wie sie überrascht und verwirrt durcheinander rannten. Inzwischen hatte das Feuerwerk eine solche Intensität erreicht, dass das Lager hell beleuchtet blieb. Drei Soldaten stiegen in einen Jeep, um das Camp zu verlassen. Wahrscheinlich, um zur Quelle der Raketen zu fahren. Aber kaum erreichten sie den Schlagbaum, barst eine unsäglich laute Petarde direkt unter dem Fahrzeug und ließ den hinteren Teil desselben hochspringen. Wo diese herkam, war nicht auszumachen. Jedenfalls war der Jeep dadurch unmanövrierbar geworden. Sie sprangen aus der Karre und verzogen sich in Deckung, jeder der drei in eine andere Richtung. Das Feuerwerk hatte eine Lautstärke erreicht, in der man sein eigenes Wort nicht mehr hören konnte. Ein ohrenbetäubender Knall jagte den nächsten. Dann schoss eine Rakete ins Turmhäuschen der Wache am Tor, welches gleich Feuer fing, und die sie zwang runterzusteigen. Eine weitere Petarde detonierte am Eingang, dann fingen der gesamte Eingangsbereich und der Schlagbaum Feuer. Daraufhin bildete sich plötzlich ein Art Straße, gesäumt mit Feuer, bis tiefer ins Lager hinein. Jemand musste da vorgängig entzündbares Material gestreut haben, wofür man nur den Bauern Dieter unter Verdacht haben konnte. Da war Adaja! Sie hielt zwei von Panik gepackte Mädchen an ihren

Händen und riss sie buchstäblich durch den Feuerkanal in Richtung Ausgang. Das Feuerwerk schien seinen Höhepunkt erreicht zu haben. Aber nein, jetzt schossen Raketen kreuz und quer übers Gelände und knallten mehrmals in einem typisch deutschen Stakkato, die sich über die Stechschritte der Nazis lustig zu machen schienen. Ihr Ableben war aber nicht mehr erkennbar, weil überlappend schon die nächste und die nächste und wieder die nächste darauffolgte. Wenn die Situation nicht so ernst gewesen wäre, hätten die Buben wirklich ihren Spaß gehabt. Es gab doch nichts Schöneres als ein absolut wildes Feuerwerk, das alle in Gefahr brachte und jeden zum Fliehen zwang. Aber diesmal spiegelte es den Krieg wider. Krieg gegen die Ungerechtigkeit, Erniedrigung, Gefangenschaft, Folter, Willkür, Dummheit und Massenhysterie in Richtung Freiheit, Rechtschaffenheit, Freundschaft und Ehre.

Der Moment war gekommen. Sie mussten aus ihrem Versteck rauskommen und schauen, dass Adaja und ihre Mädchen es schaffen konnten. Alle drei stürmten, mit Spaten, Weidenruten und Lianenlassos los. David war der erste, der ankam. Er holte mit der Rute aus, um einen Soldaten, der sich ihm in den Weg stellte und ansetzte, das Gewehr zu benutzen, mitten ins Gesicht zu treffen. Der Soldat fiel in die Knie und dann zu Boden, als wäre er von Scharfschützen exekutiert worden. Ein anderer kam daher, um den Helden zu spielen. Da brannte ihm Mäxchen den Spaten über den Schädel, dass es nur so krachte und er wie ein nasser Sack in sich zusammenbrach. Ein Offizier hielt eine Pistole gefährlich in der Hand und schoss bei einem der Jungs knapp vorbei. Elias stand ihm am nächsten und drehte sich mit der Rute so schnell herum, dass er mit aller Wucht den Mann am Hals traf, der augenverdrehend und nach Luft schnappend zu Boden fiel. Blut spritzte aus seiner Schlagader. Er versuchte, das Rinnsal mit einer Hand, dann mit zwei abzupressen, aber die Mühe war vergeblich. Adaja sah die Jungs, schrie ihre Seele aus dem Leib und zerrte an den Mädchen, deren Hoffnung nach Freiheit immer schneller anzusteigen schien, denn ihre Schritte beschleunigten sich zusehends. Weiter entfernt im Lager sah Mäxchen, wie ein Mann mit einem Gewehr im Anschlag in ihre Richtung zielte und einmal abfeuerte. Er nahm einen Stein aus der Tasche, der eigentlich sein Maskottchen war, verabschiedete sich kurz von ihm und schleuderte ihn dem Mann entgegen. Das war sein Glücksstein, den er in einem anderen Leben von Klara bekommen hatte. Dem Himmel sei Dank, der Stein musste den Soldaten im Gesicht getroffen haben, denn er ließ das Gewehr fallen und hielt sich am Auge, als ob es verloren hätte. Das Feuerwerk hatte sich noch mehr gesteigert, denn jetzt waren die Holzbaracken das Angriffsziel, bis alle drei lichterloh brannten. Selbst der Kaminschlot, welcher ansonsten nur schwarzen Rauch von sich geben durfte, spukte ausnahmsweise gräulichen Rauch aus, was der Szenerie etwas Gespenstisches verlieh. Die restlichen Gefangenen verließen die Häuser und irrten wild und völlig aufgebracht umher. Es schien keiner an Flucht zu denken, so apathisch waren sie geworden. Sie duckten sich bei jedem Knall, aber begriffen die Lage nicht. Vielleicht dachten sie, dass es der Krieg ist. Jeder der Jungs schnappte eines der Mädchen an der Hand und rannte aus dem Lager, über die Straße, in den Wald hinein, den Wald hinauf, immer weiter und weiter weg.

Sie waren völlig außer Atem, aber sie rannten immer weiter, weiter als ihre Bauten, immer weiter. Dann blieb Mäxchen plötzlich stehen, hielt die anderen an und zeigte auf den Mund. Da man dies aber im schwachen Lichte des Waldes nicht gut sehen konnte, machte er „Sch-sch-sch!". Alle blieben stehen und verstummten, selbst das Atmen versuchten sie zu unterdrücken, was nach diesem Rennen unmöglich war. Das Feuerwerk hatte noch nicht aufgehört, ließ aber zusehends nach, und es roch nach schwefligem Dunst. Sie lauschten, sie hörten Schüsse, dann quietschten Autoreifen. Langsam gewöhnten sie sich an die Dunkelheit des Waldes mit dem durchschimmernden Licht der Knallkörper. Mäxchen stupste abrupt ein Mädchen an, was das Zeichen war, um weiterzulaufen. Sie begannen erneut zu laufen, dann zu rennen, immer weiter den Hügel hoch. Oben an der Krete angekommen, hielt Mäxchen an, sie waren jetzt über den Wald gekommen. Alle sechs waren völlig außer Puste. Gebeugt standen sie da, keuchten und spuckten. Adaja war die erste, die etwas sagen konnte. Sie schrie, dann hielt sie sich den Mund zu und sagte leise: „Ihr seid hiergeblieben – ihr seid ja völlig verrückt – ihr seid wahnsinnig, so viel für uns zu riskieren – ich danke euch von ganzem Herzen – ich liebe euch – ihr seid meine Helden, für immer und ewig!" Dann küsste sie jeden der jungen Männer, die alle leicht rot anliefen, aber keine Zeit hatten, etwas zu sagen – es fehlte schlicht die Luft dazu. Die anderen Mädchen begannen zu weinen und zu schluchzen. Elias und David mussten sie in den Arm nehmen – einfach halten und nichts sagen.

Mäxchen, sich noch nicht sicher, dass sie außer Gefahr waren, sagte behutsam, dass sie weitergehen mussten. Sie liefen wieder los, die ganze Nacht lang, bis zum Morgengrauen. Einer entdeckte einen Schober, der voll trockenen Heues war. Da ließen sie sich völlig erschöpft nieder. Die zwei Freundinnen von Adaja schliefen, einander kuschelnd haltend, sofort ein. Mäxchen teilte eine Wache ein – es musste immer einer wach bleiben. Sie waren noch nicht weit genug aus der Gefahrenzone heraus.

Nach ein paar Stunden gingen sie weiter, kamen bei einem Dorf an, das sie sicherheitshalber dann gemieden hatten. Sie schienen es tatsächlich geschafft zu haben. Es kam ihnen vor wie ein Wunder, denn sie waren sich des Todes völlig gewiss gewesen, da sie ihm so viele Male ins Gesicht gesehen hatten. Aber anscheinend musste es nicht sein. Niemand hatte es verdient und sie konnten ihm entrinnen, um ein Haar.

Nun brauchten die Mädchen dringend andere Kleider. Die Jungs wurden vom Bauern schon früher damit versorgt.

Kapitel 16

Die Gruppe hatte sich in zwei Teile getrennt. Die Mädchen blieben zusammen und so die Buben. Adaja wollte sich um die Mädchen kümmern und sich mit ihnen zusammen durchschlagen, denn schließlich gehörten sie noch dem „Feind" an und sie schienen zu hilflos und unselbständig zu sein. Mäxchen konnte David und Elias nicht dem Schicksal überlassen, da sie viel zu jung und unerfahren waren. Sie wollten das Risiko halbieren, denn wenn sie zusammenblieben und einer geschnappt würde, wären alle dran gewesen. Also hatten sie sich in zwei Hälften geteilt.

Bevor sie sich innig verabschiedet hatten, machten sie eine Abmachung, um ihren Zusammenhalt für die Zukunft zu besiegeln. Sie überlegten sich, wo sie sich am besten treffen sollten und natürlich auch wann. Das Wann hatten sie so gelöst, dass sie sich, sollte der Krieg vor 1950 beendet sein, am Kriegsendetag plus zehn Jahre mittags um 12 Uhr treffen würden und sollte der Krieg 1950 oder später enden, dann genau fünf Jahre danach. Der Ort würde der Kölner Dom sein, das hieß, vor dem Eingang des Kölner Doms oder sollte er nicht mehr stehen, dann einfach dort auf dem Platz. Vom Kölner Dom oder zumindest von Köln hatten alle schon gehört, darum dieser Ort.

Dann gingen sie auseinander. Die Mädchen bewarben sich bei einem Bauernhof und glücklicherweise wurden alle drei aufgenommen und durften dort arbeiten. Sie wurden sogar herzlich empfangen, da sie als eine Art Waisenkinder betrachtet wurden und sie mussten nicht viel erklären. Ihre tätowierten Nummern kaschierten sie geschickt mit einem breiten Armband.

Mäxchen versuchte sich einen Plan auszudenken, zurück nach Hause zu finden. Er musste sich zuerst einmal daran erinnern, wie der Ort hieß, wo er herkam. Bei verschiedenen Bauern fanden sie für die Nacht Unterschlupf und erhielten eine Mahlzeit und was auf den Weg mit. Nachdem sie einige Tage durch das Land zogen, erinnerte er sich. Sie fragten sich durch, von Dorf zu Dorf, wie sie dorthin finden konnten und tatsächlich trafen sie eines Tages bei seinem Zuhause ein.

Als Mäxchen sich dem Haus näherte und es dann von weitem plötzlich erkannte, nahm seine Sehnsucht nach Mama und Papa so zu, dass er fast platzte und schreiend zu rennen begann. Die beiden anderen sahen Mäxchen zu und machten es ihm nach. Seine Eltern waren tatsächlich zu Hause gewesen. Sie hatten das Geschrei gehört, liefen hinaus und sahen einen Knaben auf sie zu rennen. Als sie Mäxchen wiedererkannten, liefen sie ihm weinend entgegen und hielten ihn ganz eng im Arm. Mama bekam ganz zerzauste Haare, aber das war egal. Ihr Sohn war wieder da, was für ein Wunder! Sie hatte ihn schon lange als tot geglaubt – in diesen Zeiten. Das war ein völlig unerwartetes Wiedersehen. Sie hatten irgendwann einmal erfahren, dass Klara ins KZ gekommen war und sie es vermutlich nicht überlebt hatte und dass sie ihren lieben Mäxchen wiedersehen würden, das hätten sie nicht im Traum gedacht.

Sie lernten seine zwei Freunde Elias und David kennen und nahmen sie in ihrem Hause auf, als wären sie ihre Söhne. Das war einfach selbstverständlich. Ihre Eltern verschwanden eines Tages im Lager, so wie Klara, wie sie berichteten.

Epilog

Der Krieg dauerte noch etwa zehn Monate an. Am 8. Mai 1945 war der große Tag gekommen. Der Krieg nahm sein Ende. Die Schande blieb noch lange in den Herzen der Menschen. Jetzt gab es wirklich Grund zum Feiern, und das nicht zu knapp. Ungeachtet, ob nun Sommersonnenwende war oder nicht.

Für Mäxchen war es noch immer ein großes Rätsel, wie der Bauer Dieter es geschafft hatte, ein solches Feuerwerk zu veranstalten, Petarden einzusetzen und Adaja die Gelegenheit zu geben zu fliehen. Als er etwa 15 Jahre alt war, machte er sich auf, den Bauern aufzusuchen. Er musste sich durchsuchen, Leute fragen, Zug fahren, um schlussendlich bei seinem Hof anzukommen. Als erstes traf er seinen Sohn an, der ihm zulächelte, sobald er ihn sah. Er war geistig etwas zurückgeblieben, aber eine Seele von einem Menschen. Dann erschien der Bauer aus dem Schober, sah ihn, Mäxchen, erkannte ihn und begann zu weinen. „Du lebst!", rief er, lief zu ihm hin und umarmte ihn, ja, zerdrückte ihn beinahe. Aber das störte Mäxchen nicht. Nun weinten beide vor lauter Freude. Der Bauer bat ihn hereinzukommen, und er wollte wissen, wie sie nach der Flucht überlebt hatten. Mäxchen erzählte ihm alles ausgiebig und dann wollte er wissen, wie er das mit dem Feuerwerk angestellt hatte und mit Adaja. Der Bauer erzählte ihm, dass er schon sehr lange Feuerwerkskörper im Schuppen gelagert hatte, denn er hatte vor dem Krieg ein großes Fest organisieren wollen, welches aber abgesagt wurde, weil eben der Krieg kam. Er habe dann Adaja im Lager einen Zettel zugesteckt, womit er sie auf ein Feuerwerk hingewiesen hatte, als Zeichen zur Flucht. Er hätte nicht gedacht, dass sie noch weitere Freundinnen hatte, die sie mitnehmen würde, aber das war umso besser. Weiter erzählte er, dass er das Feuerwerk so arrangiert hatte, dass es selbst durch einen verzögerten Zünder losgegangen war. Somit hatte er in der Nähe des Lagers sein können, um die Petarden zu werfen. Damit eine Feuerstrasse entfacht werden konnte, hatte er bei seiner letzten Gemüselieferung vor der Befreiung steinförmige, steinfarbige Zünder gestreut. „Dann waren Sie ganz in der Nähe von uns gewesen?", fragte Mäxchen eifrig. Der Bauer bejahte und sagte, dass er sie drei Buben im Unterholz sitzen gesehen hatte und dann, wie sie herausgestürmt kamen, die Mädchen gerettet hatten und im Wald verschwunden waren. Da es für ihn dann zu gefährlich wurde, sei er dann für längere Zeit verschwunden. Er sei zu einem Bauernfreund an einem anderen Ort im Lande gegangen und sozusagen untergetaucht. Bei ihm hatte er erfahren (natürlich nicht aus der Zeitung), dass beim großen Feuer im Lager die meisten Gefangenen fliehen konnten. Mit Ausnahme von etwa 20, welche von hinten erschossen wurden. Das Lager sei völlig zerstört worden und wurde nicht wieder aufgebaut. Es hatte Dieter so gefreut, dass dieser Coup so gut gelungen war, und das hatte er nur Mäxchen zu verdanken, beteuerte er. Es war Dieters insgeheimer Traum gewesen, dass das gesamte Lager sich auflösen würde. Für ihn war es die Rettung gewesen, endlich etwas Effektives gegen diese geisteskranken Machenschaften unternehmen zu können.

Als der Krieg zu Ende ging, sei er wieder zurück auf den Hof gegangen. Sein Sohn sei unverdächtig geblieben, da man ihm solche Aktionen nicht zugemutet hatte. Er hätte sich aber trotzdem selbst auf dem Hof zurechtfinden und sich ernähren können, das hätte der Bauer schon gewusst. Mäxchen bedankte sich bei Dieter für alles was er für ihn getan hatte. Beide schworen sich ewige Freundschaft und Mäxchen lud ihn zu sich nach Hause ein. Seine Eltern und er mussten sich unbedingt kennenlernen. Es ist dann auch zu einem Besuch gekommen. Alle hatten einander in ihre Herzen geschlossen und schrieben öfters Briefe.

8. Mai 1955, mittags um 11 Uhr, Köln, der Platz vor dem Dom. Der Dom stand noch immer stolz, mächtig und majestätisch da. Deutschland war sehr fleißig gewesen, denn es hatte sich größtenteils wiederaufgebaut. Der Kölner Dom hatte den Krieg tatsächlich überlebt – sich da zu treffen, sei eine gute Wahl gewesen, dachte sich Mäxchen, der schon eine Stunde vor zwölf da sein wollte, um den Platz zu

beobachten und zu schauen, wer von seinen Freunden tatsächlich kommen würde. Vielleicht war es eine alte Gewohnheit von ihm, Orte und Plätze zu beobachten, um sie besser einschätzen zu können – wie er es schon damals getan hatte. Übrigens wollte er nicht mehr Mäxchen genannt werden, sondern Mäx, das schien ihm im Verhältnis zu seinen Erfahrungen und seinem Alter angemessener. Von weitem entdeckte er eine relativ großgewachsene Frau, die Adaja sein konnte. Sie schien wie er, mit Abstand den Platz überschauen zu wollen. Sie war richtig hübsch geworden, mit ihren braunen Locken, adrettem Kostüm und Pumps. Die Beine übereinandergeschlagen saß sie auf einer Bank, zog ihre Lippen mit Lippenstift nach, während sie auf ein Spieglein schaute. Sie blätterte desinteressiert in einem Journal und ließ den Platz nie aus den Augen.

Sie entdeckte Mäx und machte sich auf, ihm zuzulaufen. Mäx tat dasselbe. Je mehr sie sich näherten wuchs eine gewisse Magie zwischen den beiden an. Ihre Erinnerungen waren überwältigend, vor allem, weil sie sie zusammen zurückrufen konnten. Sie verlangsamten ihre Schritte, bis sie auf dem großen Platz stehen blieben, sich niederknieten und einander, immer noch über etwa zehn Meter hinweg, nur ansahen.

Die Zeit hielt an. Alles um sie herum stand still. Absolute Ruhe. Nicht ein Lüftchen hätte sich getraut, die Szene zu stören. Sie beide kriegten Gänsehaut und ein gewisser Schauer durchfuhr ihre Körper.

Ein Augenblick der ganz besonderen Art, der nicht möglich war, in Worte zu fassen. Reine Spiritualität, voll von Zauber und Magie. Minuten mussten vergangen sein.

Dann standen sie auf und liefen einander entgegen, um sich eng und weinend zu umarmen. Dann sagte Mäx: „Nun bin ich für dich und dein Leben für immer verantwortlich, Adaja." Adaja nickte mit Tränen, die endlos ihre Wangen runterkullerten. Sie sagte: „Du bist einfach der verrückteste und der liebste Kerl, den ich je getroffen habe." Mäx wusste nicht mehr, was er dazu sagen sollte. Er schwieg – es war zu überwältigend.

Dann schlenderten sie Arm in Arm zum Domeingang, wo jemand stand, den sie nicht kannten. Beim Näherkommen aber erkannten sie David. Ein toller Bursche war er geworden. Sie mussten einander umarmen, wie damals nach der gelungenen Flucht und sie kamen nicht umhin loszuweinen. Dann kam Elias mit feuchten Augen plötzlich dazu, der sich der Umarmung anschloss. Alle waren völlig sprachlos.

Dann hörten sie von weitem ein Kreischen. Alle vier schauten sich um. Von woher das wohl kommen konnte? Sie machten die zwei Freundinnen von Adaja aus, die schreiend auf sie zu rannten. Bei ihnen angekommen, umarmten sie alle einander, erneut weinend und beinahe schluchzend. Dieses Erlebnis hatte sie alle für immer zusammengeschweißt.

Zu guter Letzt kam Dieter, der Bauer, voller Stolz anmarschiert.

Er umarmte und küsste alle der Reihe nach innig, dann standen alle zusammen und bildeten einen eng geflochtenen Knäuel, um die Einigkeit körperlich und geistig zu besiegeln.

Der Bauer hatte Wein, Würste, Früchte, Gemüse und Bauernbrot mitgebracht.

Es wurde ein Fest, welches noch heute seinesgleichen sucht.

Der Autor

Benjamin Holenstein wurde 1960 in Basel
geboren, wuchs aber in der Ostschweiz auf. Nach
der Schulausbildung spezialisierte er sich auf
den EDV-Zweig und war als EDV-Operator und
Programmierer tätig, bevor er sich 1990 mit seiner
IT-Firma selbstständig machte.
Doch abseits von Bildschirmen, Netzwerken, Nullen
und Einsen hat er auch ein stark ausgeprägtes
Gespür für Charaktere und einen Drang nach dem
Verstehen des Lebens an sich. Deshalb befasst
er sich mit Texten, welche zuvor unerforschte
Naturgesetze stichhaltig beweisen, um sie dann
auf sein Leben anzuwenden. Sein Hang zum
Außergewöhnlichen und zur Spannung spornt den
Schwung seiner Feder als ständigen Begleiter an. Er
verfasst intuitiv Texte und folgt dabei der Führung
seiner Inspiration, die ihm beim Schreiben den Weg
bahnt und ihn von Ereignis zu Ereignis trägt.
Benjamin Holenstein lebt mit seiner
Lebenspartnerin und denkt und schreibt als Autor
in Watt-Regensdorf in der Schweiz.

Benjamin Holenstein

Jimmy und die 4 Jahreszeiten

ISBN 978-3-99131-404-2
54 Seiten

Jimmy, ein lustiger Wollaffe, erlebt mit seinen tierischen
Freunden aus der Nachbarschaft spannende Abenteuer!
Die aufregenden Geschichten wechseln sich ab mit ruhigen
Entspannungsphasen, in denen Jimmy und seine Freunde einen
tiefen, gerechten Schlaf finden.